AF319934

POËME

SUR

LA GRACE.

A PARIS,

M. DCCXXII.

PREFACE.

LEs raifons qui me font craindre le Public en lui prefentant cet Ouvrage, font fi juftes & fi naturelles, que je puis les avoüer fans qu'on foupçonne en moi cette fauffe modeftie des Auteurs qui affectent un langage timide, lorfqu'ils fe croyent le plus affûrez. J'écris fur une matiere abftraite & difficile, j'attaque les préjugez de la raifon toûjours prête à fe revolter contre un myftere qui choque fon orguëil ; & comme on a cherché differentes voyes pour concilier la liberté avec la Grace, je puis aifément, malgré mes intentions, déplaire à ceux dont je n'ai pas fuivi les opinions : enfin les perfonnes qui me laiffant en paix du côté de la Doctrine, ne regarderont en moi que le Poëte, feront d'autant plus feveres contre mes défauts, que mon nom feul me rendra moins excufable.

Ce nom, loin qu'il prévienne en ma faveur, ne fert qu'à fournir des armes contre moi. La gloire des peres eft un fardeau penible pour leurs enfans, & la peine qu'ils ont à la foûtenir, les décourage plus fouvent qu'elle ne les anime. Auffi a-t-on vû rarement ceux qui fe font rendus illuftres, foit dans les armes, foit dans les lettres, laiffer des fucceffeurs dignes de leur reputation. Il paroît même que les fils des grands hommes ont prefque tous dégeneré, peut-être parce qu'on exige trop d'eux ; on leur redemande des talens qu'ils ne font point obligez d'avoir, & l'on s'imagine qu'ils doivent reprefenter un bien qu'on ne reçoit jamais par droit d'heritage.

J'ai donc fujet d'apprehender qu'on ne me juge avec la même rigueur ; je pourrois peut-être apporter quelques raifons capables de la fléchir, mais comme les Lecteurs font en droit de ne point écouter nos raifons, je n'alleguerai ni la jeuneffe de ma Mufe, ni la difficulté de la matiere qu'elle traite, dans laquelle il eft impoffible de ne pas facrifier quelquefois l'exactitude d'une rime, & l'harmonie d'un vers, à la precifion des termes Theologiques. Je ne rapporterai pas non plus les motifs particuliers qui m'ont engagé à choifir une matiere fi épineufe, parce qu'il faudroit pour en rendre compte, expliquer de quelle maniere j'ai paffé

ma jeunesse, quelles ont été mes premieres études, & entrer dans un détail au-
quel le Public ne prend aucun interêt.

Il me suffit de dire ici, qu'aprés la lecture
de saint Prosper & de quelques traitez de
saint Augustin, ayant voulu mettre en vers
ce que j'avois appris sur le mystere de la
Grace, la nouveauté d'un tel dessein, &
la curiosité qu'excitoit une matiere agitée
depuis si long-tems, causa de l'empresse-
ment pour entendre mon Ouvrage. Le
seul titre en fit la reputation, & les fre-
quentes lectures qu'on exigea de moi, le
rendirent si connu, que je ne pouvois
plus me dispenser de l'abandonner à l'impression ; mais comme on ne doit jamais
faire aucun fonds sur les loüanges qu'on
reçoit dans les assemblées où l'on recite
ses vers, je craignis que ceux mêmes qui
avoient paru m'entendre avec plaisir &
m'approuver , ne revoquassent leur ap-
probation quand mon Ouvrage seroit
exposé sous leurs yeux. Pour éviter une
disgrace si commune , je m'appliquai se-
rieusement à connoître les défauts qui en
seroient la cause , & dans cet examen difficile à un homme que son interêt rend
toûjours aveugle, j'eus le bonheur de trouver quelques personnes vraiment éclairées,

qui me secoururent avec tant d'affection, que je dois ici leur en témoigner ma reconnoissance.

Né, pour ainsi dire, dans le sein des Muses, avec une grande inclination pour elles, & peut-être quelques dispositions à les suivre, j'ai perdu dés la plus tendre enfance celui qui pouvoit m'instruire le mieux à leur commerce par l'autorité qu'il avoit sur moi, & par la longue habitude qu'il avoit avec elles. Je puis dire de Monsieur Despreaux ce qu'Ovide disoit de Virgile : *Virgilium vidi tantum*, Je n'ai fait que le voir, & je n'étois point en âge de mettre à profit la conversation d'un si grand maître. Ainsi lorsque j'ai eu l'ambition d'entrer dans la carriere Poëtique, je me suis trouvé sans guide, & conduit par moi seul, il m'est arrivé souvent de m'égarer. Le Poëme que je donne aujourd'hui quelque éloigné qu'il soit de la perfection, en seroit dans une distance beaucoup plus grande encore, sans les lumieres que m'ont bien voulu accorder ces personnes auprés desquelles ma Muse a trouvé un accés aussi utile pour elle qu'il est honorable : & s'il m'étoit permis de mettre les noms de ceux qui ont daigné être mes censeurs, j'en tirerois plus de gloire que les auteurs n'en tirent de ces approbations flateuſes qu'ils amaſſent à la tête de leurs livres. Mon amour propre n'a rien ſouffert en ſe ſoûmettant aux deciſions de Juges ſi habiles ; j'ai corrigé avec docilité les fautes qu'ils ont repriſes, & s'il en reſte encore beaucoup , elles n'ont point échappé à leur vûë, mais je n'ai point toûjours été capable de les ôter.

Ces fautes que je reconnois ſans peine , ne regardent que la Poëſie ; mais ſur celles qui pouvoient alterer la doctrine , je ne me ſuis jamais permis aucune negligence. J'ai eu la précaution la plus ſcrupuleuſe , pour ne rien laiſſer qui meritât une cenſure raiſonnable: car j'oſe dire auſſi , qu'il ſeroit injuſte de faire le procés à un Poëte , comme on le feroit à un Theologien , de vouloir rappeller tous mes mots à la préciſion de l'école, & de prétendre que je dois parler en vers comme on eſt obligé de parler dans des Diſſertations Theologiques. Un Poëte n'écrit point pour les Docteurs , mais pour le commun du monde ; il me ſuffit donc d'expliquer ſur la Grace ce que tout le monde peut entendre , & ce que tout le monde doit ſçavoir. La Poëſie a cet avantage qu'elle rend fenfibles au peuple les veritez les plus abftraites, par les images vives & naturelles fous lefquelles elle les prefente ; on lui raviroit ce privilege, fi on la foûmettoit à des loix rigoureufes , qui la rendiffent feche & fterile.

J'ai fouvent employé les termes de l'Ecriture - Sainte & des Peres , & c'eft en cela feulement que confifte le merite de mon travail ; je ne prétends pas non plus en tirer comme Poëte une grande gloire ; je n'ai prefque fait que traduire, & j'ai remarqué que les endroits qui ont été le mieux reçus, lorfque je les ai recitez , étoient l'affemblage de plufieurs penfées des Prophetes renduës fidellement ; auffi faut-il avoüer que l'Ecriture- Sainte nous fournit les idées les plus nobles & les plus magnifiques, & qu'on ne trouve point ailleurs ce veritable fublime qui charme tous les hommes, cet entoufiafme divin qui faifit l'ame , qui l'étonne & qui l'enleve.

Au refte je n'ay jamais eu d'autre deffein dans cet Ouvrage que d'établir le fiftême de faint Auguftin, touchant la delectation victorieufe ; car quoique depuis quelque tems plufieurs celebres défenfeurs de la prémotion phyfique prétendent avoir

entierement pour eux le même S. Auguſtin;
pour moi qui ne ſuis point aſſez habile pour
en juger , j'ai crû devoir ſuivre l'opinion
commune , ſelon laquelle ce Pere a mis
de la difference entre les ſecours des
deux états. Mais quelque autorité que ce
grand Saint ſe ſoit acquiſe ſur tout dans
cette matiere , comme l'Egliſe n'a point
encore condamné tous ceux qui ſuivent
d'autres maîtres , il ne m'eſt point permis
de les accuſer d'erreur. Auſſi n'ai-je at-
taqué qu'un ſeul des Ecrivains modernes;
j'ay dit que ſon dangereux ſiſtême étoit
une erreur qu'on devoit déteſter ; mais
en cela j'eſpere ne choquer perſonne ,
parce que perſonne aujourd'hui ne ſoûtient ſa doctrine dans toute ſon étenduë,
& que quelques-unes de ſes maximes ont
déja été cenſurées par le Clergé de France.

Eloigné de toute paſſion pour la diſpute,
à plus forte raiſon l'ai-je été de toute hu-
meur ſatyrique. Quoique par la malignité
des hommes , les traits de ſatyre contri-
buent infiniment à donner de la vogue aux
écrits , & que les Poëtes ſoient plus enclins
que les autres à railler , je n'ai point eu la
tentation de gagner quelques avantages
par une voye ſi ſouvent criminelle, & toû-
jour tres dangereuſe. Il eſt permis aux gens

de lettres de s'attaquer les uns les autres ;
les guerres alors font innocentes & utiles,
pourvû qu'elles ne fe faffent point avec ani-
mofité ; mais il n'eft point permis dans les
écrits de Religion de choquer ouverte-
ment ceux qui ne penfent pas comme
nous, lorfque ce qu'ils penfent n'a point
été declaré contraire à la Foi. La verité doit toûjours être défenduë avec les
armes de la charité : & l'on s'oppofe foi-
même au progrés qu'elle peut faire , quand
on l'annonce avec un ton d'aigreur. Comme dans le feu de la jeuneffe , il étoit
difficile qu'il ne me fût échappé quelques
traits un peu hardis, la reflexion me les
a fait enfuite retrancher ; & facrifiant fans
peine les interêts de la Poëfie à ceux de
la Religion, j'ai mieux aimé affoiblir quelques vers , que d'y laiffer des vivacitez
contraires à l'efprit de paix.

Quoique le dogme de la Grace ait été
la caufe de plufieurs guerres parmi les
Chrétiens, je me fuis particulierement ap-
pliqué à parler de celles que nous avons
foûtenuës contre les heretiques. Je n'ai
point crû qu'il fût neceffaire de reveiller le
trifte fouvenir des troubles que nous avons
vus naître dans notre fein ; & loin de nous
plaire au recit de ces funeftes diffenfons,

nous

nous devrions en perdre jufqu'à la memoire, *fi tam in noftra poteftate effet obli-*
vifci, quam tacere.

Qu'on ne s'attende donc à ne trouver
principalement ici que les veritez dont il
eft neceffaire d'être inftruit. Dans le premier Chant, je dépeins l'innocence de
l'homme & fa chûte; l'état déplorable où
il fut reduit quand après avoir abandonné Dieu il fut abandonné à lui-même;
l'impuiffance de la raifon & de la Loi pour
le guerir: enfin la venuë de Jefus-Chrift
l'auteur & le difpenfateur de la Grace.
Dans le fecond Chant, je tâche de prouver la force de la Grace, fa neceffité &
l'accord de la liberté avec elle. J'apporte
dans le troifiéme Chant la grande preu-
ve de la puiffance de la Grace, c'eft-à-dire
la converfion des pecheurs, & c'eft là
qu'en paffant, je combats le fiftême de la
Grace verfatile & de l'équilibre. Enfin
le dernier Chant renferme le myftere de
la Prédeftination qui nous montre fi clai-
rement combien la Grace eft gratuite.
Voilà fans doute de grands & de nobles
fujets. Ils paroîtront peut-être peu fuf-
ceptibles des ornemens de la Poëfie. Cependant fi j'ennuie en les traitant, la faute
n'en doit être imputée qu'à moi feul:

plus les objets font dignes de l'attention des hommes, plus la Poëfie eft digne de les décrire ; & puifqu'un de fes avantages eft de fçavoir peindre noblement les petites chofes, puifqu'elle peut nous attacher à des bagatelles, que doit-elle donc faire quand elle nous entretient des grandeurs de Dieu, & des veritez de la Religion ? Virgile nous apprend la peine qu'il trouvoit à relever, par des expreffions nobles, la foibleffe des fujets qu'il traitoit dans fes Georgiques,

Lib.   ————*Verbis ea vincere, magnum*
3.   *Quàm fit, & anguftis hunc addere rebus honorem.*

Cependant puifqu'il y a fi bien reüffi, & que dans une matiere peu agreable par elle-même, il a trouvé le fecret de nous charmer toûjours, combien d'auditeurs feroient entraînez par un Poëte qui avec le genie de Virgile chanteroit des fujets beaucoup plus intereffans pour les hommes, que ne le font les preceptes du labourage, ceux de la culture des arbres, & du foin des animaux ?

POËME

SUR

LA GRACE.

CHANT I.

 NNEMI du menſonge, & de ces fictions
Qui nourriſſent des cœurs les folles paſſions,
Je veux prendre aujourd'huy la Verité pour guide.

Par elle encouragé dans un âge timide,
5 De l'illuſtre Proſper j'oſe ſuivre les pas ;
Puiſſai-je comme luy confondre les Ingrats !

O vous qui ne cherchez que ces rimes impures ;
Des plaiſirs ſeduiſans dangereuſes peintures ;
Sur mes chaſtes tableaux ne jettez pas les yeux,
10 Fuïez ; mes vers pour vous ſont des vers ennuyeux ;
Des ſons de la vertu voſtre oreille ſe laſſe,

REMARQUE.

Vers 6. *Les Ingrats.*) Le Poëme de ſaint Proſper a pour titre *De ingratis.*

A

Prophanes loin d'icy , je vais chanter LA GRACE.

   Ouï, Seigneur , j'entreprens de luy prester ma voix,

   Tout fidelle est soldat pour défendre tes droits ,

15 Si par ta Grace icy je combats pour ta Grace ,

   Rien ne peut ébranler ma genereuse audace ,

   Dussent les libertins déchirer mes écrits ,

   Trop heureux si pour toy je souffre des mépris !

   Que ta bonté, grand Dieu, veüille m'en rendre digne ;

20 De tes riches faveurs , faveur la plus insigne !

   Pour en estre honorez , tes Saints ont fait des vœux,

   Et moy j'en fais pour vivre&pour mourir comme eux.

   Daigne donc agréer & soûtenir mon zele ,

   Tout foible que je suis , j'embrasse ta querelle.

25 La Grace que je chante, est l'ineffable prix

   Du Sang que sur la terre a répandu ton Fils ,

   Ce Fils , en qui tu mets toute ta complaisance ,

   Ce Fils l'unique espoir de l'humaine impuissance ;

   A défendre sa cause approuve mon ardeur ,

30 Mais animant ma langue, échauffe aussi mon cœur ,

   Que je sente ce feu qui par toy seul s'allume ,

   Et que j'éprouve en moy ce que décrit ma plume.

   Non comme ces esprits tristement éclairez

Vers 14. *Tout fidelle est soldat.*] In   est. *Tertullien Apolog.*
publicos hostes omnis homo miles

Qui connoiſſent la route, & marchent égarez

35 Tousjours vuides d'amour, & remplis de lumiere,

Ardens pour la diſpute & froids pour la priere.

A la voix du Seigneur l'Univers enfanté,

Etaloit en tous lieux ſa naiſſante beauté.

Le Soleil commençoit ſes routes ordonnées,

40 Les ondes dans leur lit eſtoient empriſonnées,

Desja le tendre oiſeau s'élevant dans les airs,

Beniſſoit ſon Auteur par ſes nouveaux concerts;

Mais il manquoit encore un maiſtre à tout l'ouvrage.

Faiſons l'homme, dit Dieu, *faiſons-le à noſtre image.*

45 Soudain pétri de bouë, & d'un ſouffle animé,

Ce chef-d'œuvre connut qu'un Dieu l'avoit formé.

La Nature attentive aux beſoins de ſon Maiſtre,

Luy preſenta les fruits que ſon ſein faiſoit naiſtre,

Et l'univers ſoumis à cette aimable loy,

50 Conſpira tout entier au bonheur de ſon Roy.

La fatigue, la faim, la ſoif, la maladie,

Ne pouvoient alterer le repos de ſa vie,

La mort meſme n'oſoit déranger les reſſorts

Que le ſouffle divin animoit dans ſon corps.

55 Il n'eut point à percer la nuit de l'ignorance,

Vers 44. *Faiſons l'homme.*) Fa-   ſtram. *Geneſe c. 1. v. 2C.*
ciamus hominem ad imaginem no-

Ni d'une chair rebelle à dompter l'insolence.

L'ordre regnoit alors, tout estoit dans son lieu;

L'animal craignoit l'homme, & l'homme craignoit

　　Dieu,

Et dans l'homme le corps respectueux, docile,

60　A l'ame fournissoit un serviteur utile.

Charmé des saints attraits, de biens environné,

Adam à son conseil vivoit abandonné.

Tout estoit juste en lui, sa force estoit entiere:

Il pouvoit sans tomber poursuivre sa carriere,

65　Soûtenu cependant du celeste secours,

Qui pour aller à Dieu le conduisoit toûjours.

Non qu'en tous ses desirs par la Grace entraînée,

L'ame alors dût par elle estre determinée;

Ainsi sans le Soleil l'œil qui ne peut rien voir,

70　A cet astre pourtant ne doit point son pouvoir:

Mais au secours divin quoiqu'il fut necessaire,

R E M A R Q U E S.

Vers 62. *Adam à son conseil.*) Deus ab initio constituit hominem, & reliquit illum in manu consilii sui. *Ecclesiast. c.* 15. *v.* 14.

Vers 65. *Soûtenu cependant.*) Sine gratia nec tunc ullum meritum esse potuisset; quia etsi peccatum in solo libero arbitrio erat constitutum, non tamen justitiæ retinendæ sufficiebat liberum arbitrium nisi participatione immutabilis boni, divinum adjutorium præberetur... ut ab eo teneretur via justitiæ parum erat velle, nisi qui eum fecerat adjuvaret. *S. Aug.* Enchir. c. 106. Sic factus est homo rectus ut & manere in ea rectitudine posset non sine adjutorio divino, & suo fieri perversus arbitrio. *Ibid.* 107.

Vers 67. *Non qu'en tous ses desirs.*) Tale erat adjutorium, quod desereret cum vellet, & in quo permaneret si vellet, non quo fieret, ut vellet. *S. Aug. de Corr. & Grat. c.* 12.

Vers 69. *Ainsi sans le Soleil.*) Sicut oculus corporis etiam plenissime sanus, nisi candore lucis non potest cernere, sic & homo etiam perfectissime justificatus, nisi æterna luce justitiæ divinitus adjuvetur, recte non potest vivere. *S. Aug. de nat. & Grat.* c. 26.

Adam eſtoit tousjours maiſtre de ſe ſouſtraire ;

Ainſi le Soleil brille, & par luy nous voyons,

Mais nous pouvons fermer nos yeux à ſes rayons.

75   Tel fut l'homme innocent, ſa race fortunée

Des meſmes droits que luy devoit ſe voir ornée,

Et conçu chaſtement, enfanté ſans douleurs,

L'enfant ne ſe fût point annoncé par ſes pleurs.

On n'eût point vu la mere attentive & tremblante,

80 Conduire de ſon fils la marche chancelante,

Réchauffer ſon corps froid dans la dure ſaiſon,

Ni par les châtimens appeller ſa raiſon.

Le Demon contre nous eût eu de foibles armes.

Helas ! ce ſouvenir produit de vaines larmes,

85 Que ſert de regretter un état qui n'eſt plus,

Et de peindre un ſejour dont nous fûmes exclus ?

Parlons de nos malheurs, & pleurons les miſeres

Qu'après elle attira la chûte de nos peres.

Deſtinez à la mort, condamnez aux travaux,

90 Les travaux & la mort furent nos moindres maux.

Au corps, tiran cruel, noſtre ame aſſujettie

Vers les terreſtes biens languit appeſantie.

De menſonge & d'erreur un voile tenebreux

Nous dérobe le jour qui doit nous rendre heureux.

95 La nature autrefois attentive à nous plaire,

Contre nous irritée, en tout nous eſt contraire.

La terre dans son sein resserre ses tresors,

Il faut les arracher ; il faut par nos efforts

Luy ravir de ses biens la penible recolte.

100 Contre son souverain l'animal se revolte,

Le maistre de la terre apprehende les vers ;

L'insecte se fait craindre au Roy de l'Univers.

L'homme à la femme uni met au jour des coupables,

Et de son sang impur forme des miserables.

105 Aux solides avis l'enfant tousjours retif,

Par la seule menace y devient attentif.

De l'âge & des leçons sa raison secondée,

A peine du vray Dieu luy retrace l'idée.

Helas ! à ces malheurs, par sa femme seduit

110 Adam, le foible Adam, avec nous s'est reduit.

Son crime fut le nostre, & le pere infidelle

Rendit toute sa race à jamais criminelle,

Ainsi le tronc qui meurt voit mourir ses rameaux,

Et la source infectée infecte ses ruisseaux,

115   L'homme depuis ce jour n'apporte à sa naissance

Que la pente au peché, l'erreur, & l'ignorance.

Par l'amour des faux biens il remplit dans son cœur

R E M A R Q U E S.

Vers 104. *Et de son sang impur.*)
Semine damnato genitis in corpore
morbis. *S. Prosper. part.* 2.
    Vers 111. *Son crime fut le nostre.*)
Corruit, & cuncti simul in genitore
cadente
Corruimus, transcurrit enim viro-

sa per omnes
Peccati ebrietas . . . . . .
Hinc animi vigor obtusus, caligine
    tetra
Induitur, nec fert divinæ fulgura lucis
Lumen iners, &c.
S. Prosper part. 3.

Le vuide qu'y laiſſa l'amour du Createur.

Dans ſon funeſte ſort d'autant plus déplorable

120 Qu'il ignore le poids du fardeau qui l'accable,

Qu'il ſe plaît dans ſes maux, & fuit la guerifon ;

Qu'il aime ſes liens, & cherit ſa priſon.

Pourroit-on à le voir croire ſon origine ?

Eſt-ce là, direz-vous, cette image divine ?

125 Sans doute. Le portrait n'eſt pas tout effacé,

Quelque coup du pinceau demeure encor tracé.

Malgré l'épaiſſe nuit ſur l'homme répanduë,

On découvre un rayon de ſa Gloire perduë,

C'eſt un Roy qui du Throſne en la foule jetté,

130 Conſerve ſur ſon front un trait de majeſté.

Une ſecrete voix à toute heure luy crie,

Que la terre n'eſt point ſon heureuſe patrie,

Qu'au Ciel il doit attendre un état plus parfait ;

Et luy-meſme icy-bas quand eſt-il ſatisfait ?

135 Digne de poſſeder un bonheur plus ſolide,

Plein de biens & d'honneurs, il reſte tousjours vuide,

Il forme encor des vœux dans le ſein du plaiſir,

Il n'eſt jamais enfin qu'un éternel deſir.

D'où luy vient tant de force avec tant de foibleſſe ?

140 Pourquoy tant de grandeur jointe à tant de baſſeſſe ?

Reveillez-vous mortels dans la nuit abſorbez,

Et connoiſſez du moins d'où vous eſtes tombez.

Non, je ne ſuis point fait pour poſſeder la terre.

Quand ne ſeray-je plus avec moy-meſme en guerre ?

145 Qui me délivrera de ce corps de peché ?

Qui briſera la chaiſne où je ſuis attaché ?

Mon cœur tousjours rebelle, & contraire à luy-meſme,

Fait le mal qu'il deteſte, & fuit le bien qu'il aime.

Je veux ſortir du gouffre où je me vois jetté,

150 Je veux, mais que me ſert ma foible volonté ?

Legere, irreſoluë, incertaine, aveuglée,

Et malgré ſon neant d'un fol orguëil enflée,

Voulant tout entreprendre, & n'executant rien,

Trop forte pour le mal, trop foible pour le bien,

155 Compagne qui m'entraiſne au vice que j'abhorre,

Et guide qui ne ſert qu'à m'égarer encore.

Mais par ce guide ſeul autrefois éclairez,

Les ſuperbes mortels ſe croyoient aſſûrez.

Pour confondre à jamais cette altiere ſageſſe,

160 Le Ciel leur fit long-tems éprouver leur foibleſſe,

A leurs ſens il livra Rois & peuples entiers,

Et les laiſſa marcher dans leurs propres ſentiers.

R E M A R Q U E S.

Vers 148. *Fait le mal qu'il deteſte.)* Non enim quod volo bonum, noc facio, ſed quod nolo malum, hoc ago ... infelix ego homo quis me liberabit de corpore mortis hujus ? *S. Paul Rom.* 7. *v.* 19. *&* 24.

Vers 154. *Trop forte pour le mal.)* Liberum arbi[...] [...] uf-ficit, ad bonum autem parum eſt, niſi adjuvetur ab omnipotenti bono. *S. Aug.* de Corren. & Grat. c. 11.

Vers 162. *Et les laiſſa marcher.)*

La

La digue fut soudain rompuë à tous les vices,

On ne vit plus par-tout, que meurtres, injustices,

165 Débordemens impurs, brigandages affreux,

Et du crime honoré le regne tenebreux.

A de frivoles biens créez pour son usage,

L'homme osa follement presenter son hommage.

La beste eut des autels, le bois fut adoré;

170 Et tout fut, hors Dieu seul, comme Dieu reveré,

En soy-mesme traitant ce culte de chimere,

Le foible Philosophe imita le vulgaire.

Cependant, direz-vous, la Grece eut des Platons,

L'Asie eut des Thalés, & Rome eut des Catons.

175 Lucrece estime plus son honneur que sa vie,

Decius se devouë au bien de sa patrie.

Victime du serment aux ennemis juré,

Regulus va chercher un supplice assûré.

Rougis lasche Chrestien, dans un siecle prophane

180 Plus vertueux que toy le Payen te condamne.

Ah, du nom de *Vertu*, gardons-nous d'honorer

Des actions que Dieu dédaigna d'épurer.

Rome n'eut des vertus que la fausse apparence,

B

Et vaine elle reçut sa vaine recompense.

185   L'éclat de ses Heros nous charme & nous séduit,
Mais d'un aride champ quel peut estre le fruit ?

Rien ne peut prosperer sur des terres ingrates.

Le desir de la gloire enfante les Socrates,

Du moindre des Romains l'estime & les regards

190 Souftiennent les Catons ainsi que les Cesars.

Plaignons pluftoft, plaignons ces peuples miferables,

Dont les *Juftes* n'eftoient que de moindres coupables.

Socrate, du vray Dieu s'approchant de plus près,

Sembla de sa grandeur découvrir quelques traits :

195   Faut-il donc pour le voir percer tant de nuages ?

Eh ! qui de la Nature admirant les ouvrages,

Frappé d'étonnement à ce premier regard,

Ira pour l'ouvrier foupçonner le hazard ?

De ce vil vermiffeau j'entends la voix qui crie,

R E M A R Q U E S.

Vers 184. *Et vaine elle reçut.*) Receperunt mercedem, vani, vanam, *S. Aug. Civit. Lib.* 19. c. 26

Vers 186. *Mais d'un aride champ.* Non poteft arbor mala bonos fructus facere, *S. Matth.* 7 v. 18.

Vers 187. *Rien ne peut prosperer.*) L'action d'un Payen, quoyque bonne en foy, ne pouvoit profperer, puifque n'ayant pas Dieu pour fin, elle ne fervoit point au falut.

Nec vitæ æternæ veros acquirere fruchis

De falfa virtute poteft, vanamque decoris

Occidui fpeciem mortali perdit in ævo.

Omne etenim probitatis opus, nifi femine veræ

Exoritur fidei, peccatum eft, iniquæ reatum

Vertitur, & fterilis cumulat fibi gloria, pœnam.

S. Profper. p. 2.

Ver 188. *Le defir de la gloire.*) Hæc funt duo illa, libertas & cupiditas laudis humanæ, quæ ad facta compulere miranda Romanos. *S. Aug. Cité de Dieu*, *Liv.* 5. c. 18. Ce font les deux motifs que Virgile luy-mefme donne à Brutus quand il facrifie fes enfans.

Vincet amor Patriæ, laudumque immenfa cupido.

Vers 192 *Dont les* Juftes.) Le furnom de *Jufte* fut donné à Ariftide.

200 *Dieu m'a fait, Dieu m'a fait, Dieu m'a donné la vie.*

Tout parle à la raison, mais rien ne parle au cœur:

Le jour au jour suivant annonce son auteur.

Mais ce n'est qu'en l'aimant que Dieu veut qu'on

l'adore,

Et l'hommage du cœur est le seul qui l'honore.

205 En vain le Philosophe entrevoit la clarté,

Du chemin de la vie est-il moins écarté?

Plus criminel encor que l'aveugle vulgaire,

Loin de rendre au Seigneur le culte necessaire,

Il perd, vuide d'amour, tout le fruit de ses mœurs;

210 Son esprit s'évapore en de folles lueurs.

En differens sentiers les plus sages s'égarent,

Par des Sectes sans nombre entr'eux ils se separent,

La raison s'obscurcit: la simple verité

Se perd dans les détours de la subtilité.

215 Ouy, grand Dieu, c'est en vain que l'humaine foiblesse

Sans toy veut se parer du nom de la sagesse,

Celuy qui s'honora de ce titre orgueilleux,

Fut de tant d'insensez le moins sage à tes yeux.

R E M A R Q U E S.

Vers 203. *Mais ce n'est qu'en l'ai-mant.*] Quis veraciter laudat, nisi qui sinceriter amat ? Pietas cultus Dei est, nec colitur ille nisi amando. S. *Aug. ep.* 140.

Vers 207. *Plus criminel encor.*] Tout ce que je dis icy des Philoso-phes Payens est pris du premier chapitre de l'Epistre de saint Paul aux Romains. Cum cognovissent Deum, non sicut Deum glorificave-runt, aut gratias egerunt, sed eva-nuerunt in cogitationibus suis, ... di-centes enim se esse sapientes stulti facti sunt, &c.

B ij

Pour guerir la nature infirme & languiſſante,

220 Ainſi que la Raiſon la Loy fut impuiſſante.

La Loy qui ne devant jamais briſer les cœurs,

Sans la Grace formoit des prévaricateurs.

La Loy qui du peché reſſerrant les entraves,

Au lieu de vrais enfans fit de laſches eſclaves.

225 La Loy, joug importun, de la crainte inſtrument,

Miniſtere de mort, vain & foible élement.

Ainſi ne put jadis le bâton d'Elizée

Reſſuſciter l'enfant de la mere affligée,

Le Prophete luy ſeul touché de ſon malheur,

230 Pouvoit dans ce corps froid rappeller la chaleur.

Le Juif portant toûjours l'eſprit de ſervitude,

A ſes égaremens joignit l'ingratitude.

La race de Jacob, le Peuple ſi cheri,

REMARQUES.

Vers 220. *La Loy fut impuiſſante.*)
Nam quod impoſſibile erat legi. *aux
Rom. c. 3. v. 9.*

Vers 221. *La Loy qui ne devant.*)
Nihil enim perfectum adduxi lex.
Hebr. 7. 19.

Vers 222. *Sans la Grace formoit.*)
Lex ſubintravit ut abundaret delictum. *Rom. c. 5. 20.* Cum veniſſet
mandatum, peccatum revixit. *c. 7.
v. 9.* Lex propter tranſgreſſiones poſita eſt. *Galat. 3. 19.* Lex peccatores
convincebat, non ſolvebat. Ideo littera ſine gratia reos faciebat. *S.
Aug. Tract. 17. in c 5. Joan.*

Jugum legis ſervari non poterat
ſine gratia adjuvante quam lex non
dabat. *S. Thomas. 1. 2. q. 98.* Hos
pannos infantiæ quos incnoantibus
dedit, ipſe per prophetam Dominus reprehendit dicens : *Ego dedi eis*
præcepta. *non bona. S. Greg. le Grand.*
Oportebat ut adhuc mancto cujus
vox eſt *non concupiſces* , ſuperbo pec-
catori etiam prævaricationis crimen
accederet , atque ita Gratiæ medi-
cinam non ſanata per legem , ſed
convicta infirmitas quæreret. *S. Aug.
ep. 157.*

Vers 226. *Miniſtere de mort, vain
& foible élement.* Miniſtratio mortis. *2. Corinth. 3 v 4.* egena & in-
firma elemen . *Galat. 4 v. 9.*

Vers. 227. *Ainſi ne put jadis.*) Venit ipſe Elizeus jam ingnas portans
Domini, qui ſervum ſuum cum
baculo, tanquam cum lege præmi-
ſerat .... fecit Dominus quod non fecit baculus, fecit Gratia quod non
fecit littera. *S. Aug. in Pſalm. 70.
Serm. 1.*

Engraiffé de bienfaits n'en fut point attendri.

235 Cependant Dïeu voulut dans ces tems déplorables

Se former quelquefois des enfans veritables.

On vit avant Moyfe ainfi que fous la Loy,

Des Juftes pleins d'amour & vivants de la Foy.

La Grace, dont le jour ne brilloit pas encore,

240 Sur leur tefte déja répandoit fon aurore.

L'arreft de leur trépas fut deflors effacé

Dans le fang qui pour eux devoit eftre verfé.

Et des fruits de ce fang ils furent les prémices.

Mais lorfque le Seigneur avec des yeux propices

245 Regardoit quelques-uns des neveux d'Ifraël,

Le refte s'endurcit, & refta criminel.

Les Prophetes en vain annonçoient leurs oracles,

Supplioient, menaçoient, prodiguoient les miracles.

Ce peuple dont un voile obfcurciffoit les yeux,

250 Murmurateur, volage, amateur des faux dieux,

A fes Prophetes fourd, à fes Rois infidelle,

Porta toûjours un cœur incirconcis, rebelle.

Dans fon Temple, il eft vray, l'encens fe confumoit,

Le fang des animaux à toute heure fumoit.

R E M A R Q U E.

Vers 239. *La Grace, dont le jour.*) Eadem namque fides & noftra & illorum, quoniam hoc illi credid runt futurum, quod & nos credimus factum, unde dicit Apoftolus : *Haben-* tes eumdem *fpiritum fidei. S. Aug.* ep. 157. Nondum nomine, fed refa fuerunt Chriftiani. *Lib.* 3. *ad Bonif.*

255 Vain encens, vœux perdus ; les taureaux, les genifles

Etoient pour les pechez d'impuiffans facrifices.

Dieu rejettant l'autel & le Preftre odieux,

Attendoit une hoftie agreable à fes yeux ;

Il falloit que la Loy fur la pierre tracée

260 Fût par une autre Loy dans les cœurs remplacée ;

Il falloit que fur luy détournant tous les coups,

Le Fils vînt fe jetter entre fon Pere & nous.

Sans luy nous periffions. Qu'une telle victime

Oblige le coupable à juger de fon crime.

265 Quel énorme forfait, qui pour eftre expié,

Demandoit tout le fang d'un Dieu facrifié !

Ouï, l'homme après fa chûte, au voyageur femblable

Qu'attaqua des voleurs la rage impitoyable,

Sans force, fans fecours, couché fur le chemin,

270 Et baigné dans fon fang, n'attendoit que fa fin :

Les Preftres de la Loy, témoins de fa mifere,

Ne luy pouvoient offrir une main falutaire.

Enfin dans nos malheurs un Dieu nous fecourut,

Le Ciel fondit en pluye, & le Jufte parut.

R E M A R Q U E S.

Vers 256. *Etoient pour les pechez.*) Impoffibile enim eft, fanguine taurorum & hircorum auferri peccata. S. *Paul. Hebr. c. 10. v. 4.*

Vers 259. *Il falloit que la Loy*) Dabo leges meas in mentem eorum,

& in corde eorum fuperfcribam eas *Hebr. c. 8. v. 10.*

Vers 279. *Le Ciel fondit.*) Rorate cœli defuper, & nubes pluant Juftum. *Ifaia.*

275 O filles de Sion treſſaillez d'allegreſſe,

Du Roy qui vient à vous celebrez la tendreſſe,

Il vient pour appaiſer vos pleurs & vos ſoûpirs.

Les Juſtes de la Loy, ces hommes de deſirs,

De leur foy tousjours vive auront la recompenſe.

280 Il vient, tout l'Univers ſe leve à ſa preſence :

L'Agneau ſaint de ſon ſang va ſceller le traité

Qui nous reconcilie à ſon Pere irrité.

Chargé de nos forfaits ſur la croix il expire,

Et du Temple auſſi-toſt le voile ſe déchire ;

285 Aux prophanes regards le lieu ſaint fut livré,

Mais Dieu qui l'habitoit s'en eſtoit retiré.

De ce Temple fameux la gloire eſtoit paſſée,

La vile Sinagogue alloit eſtre chaſſée :

Les tems eſtoient venus, où regnant dans les cœurs,

290 Dieu vouloit ſe former de vrais adorateurs,

Et donnant à ſon Fils une Epouſe plus ſainte,

Devoit repudier l'eſclave de la crainte.

Mortels qui juſqu'icy répandiez tant de pleurs,

Triſtes enfans d'Adam banniſſez vos douleurs.

295 Du ſang de Jeſus-Chriſt l'Egliſe vient de naiſtre,

La nuit eſt diſſipée, & le jour va paroiſtre.

Il arrive ce jour ſi long-tems attendu,

REMARQUE.

Vers 278. *Ces hommes de deſire.*] Vir deſideriorum es. *Daniel. 9.*

Ce jour que de fi loin Abraham avoit vû?

Le Saint tant defiré, tant prédit par vos Peres,

300 Vous annonce aujourd'huy la fin de vos miferes.

Sortez humains, fortez de la captivité,

Courez à voftre Dieu qui n'eft plus irrité;

Ce Dieu fi menaçant ne veut plus qu'on le craigne,

Sa Grace & fon amour vont commencer leur regne.

REMARQUE.

Vers 303. *Ne veut plus qu'on le craigne.*] De cette crainte fervile qui eftoit le partage de la Loy, ce qui a fait dire à Saint Auguftin, *de moribus Eccl. Cathol.* Prævalet in vetere teftamento timor, amor in novo.

CHANT

CHANT II.

VOUS que la Verité remplit d'un chaste amour,

N'esperez point encor dans ce triste sejour,

Paisibles possesseurs, la goûter sans allarmes ;

Chrestiens souffrez pour elle, & prestez-luy vos armes.

5 L'Eglise à la douleur destinée ici-bas,

Prit naissance à la Croix, & vit dans les combats.

Il faut que tout entier sur elle s'accomplisse

De son époux mourant le sanglant sacrifice.

Contre elle le demon arma les Empereurs,

10 Le fer brilla d'abord ; inutiles fureurs ;

En vain on la déchire, en vain le sang l'inonde,

De ce sang humectée elle en devient feconde.

L'Empereur à la Croix soûmit son front Payen,

Montra qu'on pouvoit estre & Cesar & Chrestien,

15 Le Prestre d'Apollon renversa son Idole,

Et Jupiter vaincu tomba du Capitole.

L'Eglise dans son sein voyoit naistre la paix

Quand la fiere Heresie envenimant ses traits,

REMARQUES.

Vers 7. *Il faut que tout entier.*) Adimpleo ea quæ desunt passionum Christi in carne mea, pro corpore ejus quod est Ecclesia, *aux* Colossiens 1. 24.

Vers 12. *De ce sang humectée, &c.* Semen est sanguis Christianorum, *Tertul. Apologet. c.* 47.

C

Aux enfans de la Foy vint declarer la guerre.

20   Plus d'une fois vaincuë, enfin dans l'Angleterre

Elle appelle un vengeur ; & fidelle à sa voix

Pelage de la Grace ose attaquer les loix.

Jerosme contre luy ranima son courage.

Mais le seul Augustin devoit vaincre Pelage ;

25   De ce grand défenseur le Ciel ayant fait choix,

Luy mit la plume en main, le chargea de ses droits.

Augustin tonne, frappe, & confond les rebelles.

Sa doctrine aujourd'huy guide encor les fidelles,

Rome, tout l'Univers admire ses écrits,

30   Et le seul M..... en ignore le prix.

Disciple d'Augustin & marchant sur sa trace

Prosper s'unit à luy pour défendre la Grace.

Il poursuivit l'Erreur dans ses derniers détours,

Et contre elle des vers emprunta le secours.

35   Les Vers servent aux Saints, la vive Poësie

Fait triompher la Foy, fait trembler l'Heresie.

Penetré de respect pour ces maistres fameux,

Je ne veux aujourd'huy que marcher aprés eux.

De leurs livres divins admirant les maximes

40   Je les vais annoncer n'y prêtant que mes rimes ;

R E M A R Q U E.

Vers 23. Saint Jerosme sur la fin de sa vie écrivit contre Pelage, & mourut peu de temps aprés

Auguſtin dans mes Vers donne encor ſes leçons ;

Seigneur c'eſt à tes Saints de parler de tes dons !

   Aux forces que la Grace inſpire à la nature

Des foibleſſes de l'homme oppoſons la peinture.

45 Connoiſſons par nos maux la main qui nous guerit.

   L'erreur & le menſonge aſſiegent notre eſprit,

Et la nuit du peché nous couvrant de ſes ombres,

Entre nous & le jour jette ſes voiles ſombres.

Noſtre cœur corrompu, plein de honteux deſirs,

50 Ne reconnoît de loix que celles des plaiſirs.

   Le Plaiſir, il eſt vray, juſte dans ſa naiſſance

Par de ſages tranſports ſervoit à l'innocence ;

Nos corps par cet attrait devoient ſe conſerver,

Et nos ames vers Dieu ſe devoient élever.

55 Mais notre ame aujourd'huy n'étant plus ſouveraine,

Aux ſeuls plaiſirs des ſens notre corps nous entraîne,

Des ſaintes voluptez le chaſte ſentiment

Se reveille avec peine & s'éteint aiſément.

   A croiſtre nos malheurs le demon met ſa joye,

R E M A R Q U E.

Vers 46. *L'erreur & le menſonge, &c.*) Nemo habet de ſuo niſi peccatum & mendacium. 2. *Conc. d'Orange.* Subintravit ignorancia rerum agendarum, & concupiſcentia noxiarum, quibus comites ſubinferuntur, eror, & dolor. *S. Aug. Enchirid. c. 23.*

Omne malum hominis error, & infirmitas, aut neſcis quid agas, & errando laberis, aut ſcis quid agi debeat, & infirmitate ſuperaris. *Id. ſerm. 173. in ep 1. Joan.*

Humana natura in primi hominis prævaricatione vitiata etiam inter beneficia & auxilia Dei ſemper in deteriorem eſt proclivior voluntatem, cui committi non eſt aliud quàm dimitti. *Traité de la vocat. des Gentils.*

60 Lion terrible il cherche à devorer fa proye.

Et transformant fa rage en funeftes douceurs,

Souvent ferpent fubtil il coule fous les fleurs.

Ce tyran tenebreux de l'infernal abîme :

Joüiffoit autrefois de la clarté fublime.

65 L'orgüeil le fit tomber dans l'éternelle nuit,

Et par ce mefme orgüeil l'homme encor fut feduit.

Quand nos Peres, à Dieu voulant eftre femblables,

Oferent fur un fruit porter leurs mains coupables.

L'Orgüeil depuis ce jour entra dans tous les cœurs,

70 Là de nos paffions il nourrit les fureurs,

Souvent il les étouffe, & pour mieux nous furprendre,

Il fe détruit luy-mefme, & renaift de fa cendre.

Toûjours contre la Grace il veut nous revolter

Pour mieux regner fur nous, cherchant à nous flater,

75 Il releve nos droits, & notre indépendance ;

Et de nos interefts embraffant la défenfe,

Nous répond follement que notre volonté

Peut rendre tout facile à notre liberté.

Mais comment exprimer avec quelles adreffes

80 Ce Monftre fçait de l'homme épier les foibleffes ?

R E M A R Q U E.

Vers 60. *Lion terrible, il cherche,*   circuit, quærens quem devoretur.
&c. Diabolus tanquam leo rugiens   *S. Pierre.*). *v.* 8.

Sans cesse parcourant toute condition

Il répand en secret sa douce illusion.

Il console le Roy que le throsne emprisonne,

Et luy rend plus leger le poids de la Couronne.

85 Aux yeux des conquerans de la Gloire enyvrez

Il cache les perils dont ils sont entourez.

Par luy le courtisan du maistre qu'il ennuie

Soûtient, lasche flateur, les dédains qu'il essuie.

C'est luy qui d'un Prelat épris de la grandeur

90 Ecarte les remords voltigeans sur son cœur.

C'est luy qui fait pâlir un sçavant sur un Livre,

L'arrache aux voluptez où le monde se livre,

D'un esprit libertin luy souffle le poison

Et plus haut que la Foy fait parler la Raison.

95 C'est luy qui des Palais descend dans les chaumieres,

Donne à la pauvreté des démarches altieres.

Luy seul nourrit un corps par le jeûne abattu,

Il enfante le crime & corrompt la Vertu.

Contre tant d'ennemis qui causent nos allarmes.

R E M A R Q U E S.

Vers 98. *Il enfante la crime.*) Vitiorum omnium humanorum causa, superbia est. *S. Aug. de peccat. meritis & rem. c.* 17.

Et corrompt la vertu. Je suis bien éloigné de croire que l'orgueil corrompe toujours la Vertu, & qu'il produise toûjeurs tous les effets que je luy attribue icy, mais il est certain qu'il les produit trés-souvent, & qu'il a presque toûjours quelque part à nos meilleures actions, ce qui fait dire à *saint Augustin.* Superbia & in recte factis animo insidiatur humano; ubi enim lætatus homo fuerit, in aliquo bono opere se etiam superasse superbiam, ex ipsa lætitia caput erigit, & dicit, ecce ego vivo, quid triumphas? & ideo vivo quia triumphas. *de natura & Grat. cap.* 31.

100 La Grace seule a droit de nous donner des armes,

Du Demon rugissant elle écarte les coups,

Contre nos passions elle combat pour nous,

Grace victorieuse, efficace, operante,

Grace qui vient du Ciel, gratuite, attirante,

105 Grace qui pour charmer a de si doux attraits,

Que notre liberté n'y resiste jamais

Souffle du saint amour, par qui l'ame embrasée

Suit & cherit la loy qui luy devient aisée.

Si cette voix n'appelle, en vain l'on veut marcher,

110 On s'éloigne du but dont on croit s'approcher,

Sans elle tout effort est un effort sterile,

Tout travail est oisif, toute course inutile.

Sans elle l'homme est mort, mais dès qu'elle a parlé,

Dans la nuit du tombeau le mort est reveillé,

REMARQUES.

Vers 104. *Gratuite.* Si gratis non datur, quare Grana nominatur ? *S. Aug. serm.* 26.

Vers *b.* *Que nostre liberté n'y resiste jamais.*) Gratia quæ occulte humanis cordibus divina largitate tribuitur, à nullo duro corde respuitur, ideo quippe tribuitur, ut cordis duritia primitus auferatur. *S. Aug. de Pradest. sanct. c.* 8.

Vers 107. *Souffle du saint amour.*) Inspiratio dilectionis, ut cognita sancto amore faciamus. *S. Aug. contra epist Pelag. l.* 4. *c.* 5.

Vers 109. *Si cette voix n'appelle.*)
———— & nisi donet
Quæ bona sunt, nihil efficiet bene, cæca voluntas.
Hæc ut cujusquam studio, affectuque petatur

Ipsa agit, & cunctis dux est venientibus ad se
Perque ipsam nisi curratur, non itur ad ipsam.
Ergo ad iter per iter ferimur : sine lumine lumen
Nemo videt : vitam sine vita inquirere mors est.
S. Prosper a la fin de la 2. *partie.*

Vers 110. *On s'éloigne du but, &c.*
———— quem non recto via limite ducit,
Quanto plus graditur, tanto longinquius erat.
S. Prosper 2. *part.*

Vers 113. *Sans elle l'homme est mort.*)
———— Deus ergo sepultos
Suscitat, & solvit *peccati* compede vinctos.
S. Prosper. Ibid.

115 Et ses liens rompus ne forment plus d'obstacle.

Par quel charme supresme arrive ce miracle ?

Dans le mesme moment, ô moment précieux !

La Grace ouvre le cœur, & dessille les yeux.

L'homme apperçoit son bien, & sent qu'il est aimable,

120 Dieu se montre, le reste est pour luy méprisable.

Plaisir, bien, dignité, grandeur, tout luy déplaist ;

Il voit à découvert le monde tel qu'il est,

Plein de peines, d'ennuis, de miseres, de craintes,

Theatre de douleurs, de remords, & de plaintes ;

125 Plus de repos pour luy dans cet horrible lieu,

Il le fuit, il l'abhorre, il vole vers son Dieu ;

Pour ébranler sa Foy le demon n'a plus d'armes,

La gloire est sans attraits, la volupté sans charmes.

Mais de tant d'ennemis quoiqu'il soit le vainqueur,

130 Si la Grace un moment abandonne son cœur,

Le triomphe sera d'une courte durée.

Des dons qu'on a reçus la perte est assurée

Si la Grace à toute heure accordant son secours,

R E M A S Q U E S.

Vers 117. *Dans le mesme moment*)
At vero omnipotens hominem cum
Gratia salvat.
Ipsa suum consummat opus ; cui tem-
pus agendi
Semper adest quæ gesta velit : non
moribus, illi
Fit mora, non causis anceps suspen-
ditur ullis.
S. Prosper. ibid.

Vers 131. *Le triomphe ? sera d'une
courte durée.*) Necesse est, ut quo
auxiliante vincimus, eo iterum non
adjuvante vincamur. *Le Pape Innocent. I.*
Homo etiam perfectissime justificatus, nisi æterna luce justitiæ divinitus adjutus, recte non potest vivere. *S. Aug. de nat. & Grat. c. 26.*

De ſes premiers bienfaits ne prolonge le cours,

135 Sans ceſſe vit en nous l'ennemi domeſtique

Ou captif indocile, ou vainqueur tyrannique;

Guerre continuelle; un vice terraſſé

Par un vice plus fort eſt bientoſt remplacé.

Au dehors tout irrite, & tout allume encore

140 Ce feu, qui ſans s'éteindre au dedans nous devore.

Le monde qui l'attiſe en tous lieux nous pourſuit,

Son commerce corrompt, ſa morale ſeduit;

Il applaudit, il loüe, & ſa loüange charme,

Il reprend, il condamne, & ſa cenſure allarme.

145   Contre tant de perils la Grace eſt mon recours,

Amoureux de ſes biens, je les cherche, j'y cours.

Par des vœux enflammez mon ame les implore,

Et quand je les reçois, je les demande encore.

Dieu, riche dans ſes dons, peut toûjours accorder;

150 L'homme, plein de beſoins, doit toûjours demander,

J'avance en ſeureté quand Dieu me veut conduire

Et je tombe auſſi-toſt que ſa main ſe retire.

Comme le foible enfant qui ne ſe ſoûtient pas

REMARQUES.

Vers 135. *Sans ceſſe vit en nous,*
&c.) Quare o[illegible] [illegible]
q[illegible] [illegible] ho[illegible]nes mortales, ſ[illegible]
[illegible]o[illegible], lutea vaſa portant ? *?*
S. *Aug ſerm* 70.
V[illegible] 147. *Par des vœux enflammez.*

&c.) Adjutorium Dei etiam renatis
& ſanctis ſemper eſt implorandum,
ut ad finem [illegible]num pervenire vel in
[illegible] opere perdurare, 2. Conſ-
eile d'Orange can. 10.

Si

Si fa mere avec foin n'accompagne fes pas.

155 Par ce trifte abandon la fuprefme fageffe

Fait aux Saints quelquefois éprouver leur foibleffe.

David, l'heureux David fi cheri du Seigneur,

Ce Prophete éclairé, ce Roy felon fon cœur,

Vaincu par une femme eft en paix dans le crime,

160 Et ne feroit jamais forti de cet abîme,

Si le Ciel n'eût pour luy rappellé fa bonté.

Au tranquille Pecheur Nathan eft deputé.

Si-toft que cette voix a frappé fon oreille,

David fe reconnoift, fon œil s'ouvre, il s'éveille,

165 De fon Trône à l'inftant d'un faint regret touché

Il fe leve, & s'écrie: *Il eft vray, j'ay peché.*

Ainfi tombe, malgré fes fermens temeraires,

L'Apoftre qui fe croit plus ferme que fes freres,

Preft à fuivre fon maiftre en prifon, à la mort,

170 Nul obftacle à fes yeux ne paroift affez fort.

Il le croit, il le jure, & l'ardeur qui l'enflamme

Tout à coup va s'éteindre à la voix d'une femme,

R E M A R Q U E.

Vers 157. *David , l'heureux David,*
&c.) Per medicinalem providentiam,
David paululùm defertus eft à recto-
re, ne per exitialem fuperbiam de-
fereret ipfe rectorem. *Saint Aug. de*
continent. c. 14.

Vers 171. *Il le croit, il le jure.*)
Quid in animo ejus effet cupiditatis,
videbat, quid virium non videbat.
S. Aug. in Joan. tract. 66.

D

Et mesme s'il gemit du plus grand des malheurs,

C'est au regard divin qu'il doit ses justes pleurs.

175   Mais Pierre abandonné qui renonce son maistre

Et devient à la fois ingrat, parjure, traistre,

Ranimé de la Grace ira devant les Rois

Braver les chevalets, les flammes & les croix.

Que le Juste à toute heure apprehende la chute,

180   S'il tombe cependant, qu'à luy seul il l'impute.

Oüi, l'homme qu'une fois la Grace a prévenu,

S'il n'est par elle encor conduit & soûtenu,

Ne peut à quelque bien que son ame s'applique....

Mais à ce mot j'entends crier à l'heretique :

185   *Ne peut* ; c'est là, dit-on, le Jansenisme pur.

Dans ses expressions Luther est-il plus dur ?

R E M A R Q U E S.

Vers 174. *C'est au regard divin, &c.*) Nisi desertus, non negaret ; nisi respectus, non fleret. Odit Deus præsumtores de viribus suis, & tumorem istum in eis quos diligit tanquam medicus secat. *Saint August. serm.* 285.

Vers 175. *Mais Pierre abandonné, &c.*) Mortuus est negando, & revivixit plorando ; sed mortuus est, quia superbe ipse præsumsit ; revivixit autem, quia benigne ille respexit. *S. Aug. in Joan. tract.* 66.

Vers 179. *Que le Juste à toute heure, &c.*) Qui se existimat stare, videat ne cadat. I. *Corinth.* 10. v. 12

Vers 180. *S'il tombe cependant, &c.*) Natura in malum quod fecit, nulla necessitate compulsa, sed sua voluntate collapsa est. *S. Aug. cont. Julian. lib. imp lib.* 6.

Vers 181. *Oui, l'homme, &c.*) Prævenit ut sanemur, quia & subsequetur ut etiam sanati vegetemur ; prævenit ut vocemur, subsequetur ut glorificemur ; prævenit ut pie vivamus, subsequetur ut cum illo semper vivamus, quia sine illo nihil possumus facere. *Saint August. de Nat. & Grat.*

Gratia Dei nolentem prævenit, ut velit, volentem subsequitur ne frustra velit. *S. Aug. ep.* 382.

Ainſi la Loy divine à l'homme impratiquable

Impoſe ſans la Grace un joug inſurmontable.

Ah ! c'eſt-là le premier des dogmes monſtrueux,

190 Juſte objet de l'horreur d'un Chrétien vertueux.

Mais vous qui tranſporté d'un zele charitable

Voulez me mettre au rang des noirs enfans du Diable,

Signalez par vos cris votre ſainte douleur,

(Telle eſt de vos pareils la Chrétienne chaleur,

195 Tout ce qui leur déplaît leur devient hereſie.)

Répondez-moy pourtant ; le Sauveur qui nous crie:

O vous qui gemiſſez ſous le faix des travaux ,

Accourez tous à moy, je finiray vos maux.

Ne dit-il pas ? *Sans moy vous ne pouvez rien faire ,*

200 *Vous ne pouvez venir qu'attirez par mon Pere.*

Vous allez, je le vois, avec ſubtilité

Eluder de ces mots la ſainte authorité.

Toutefois épargnez votre ſoin temeraire,

Je conviens avec vous que l'homme peut tout faire ;

R E M A R Q U E S.

Vers 197. *O vous qui gemiſſez, &c*) Venite ad me omnes qui laboratis & onerati eſtis , & ego reficiam vos. *S. Math.* 11. 28.

Vers 199. *Sans moy vous ne, &c*) Sine me nihil poteſtis facere. *S. Joan.* 18. 5.

Vers 200. *Vous ne pouvez, &c.*) Nemo poteſt venire ad me , niſi Pater qui miſit me , traxerit eum. *S. Joan.* 6. 44.

Vers 204. *Que l'homme peut tout faire.*) Deus impoſſibilia non jubet , ſed jubendo monet & facere quod poſſis , & petere quod non poſſis , & adjuvat ut poſſis. *Conc. de Trente ſeſſ.* 6. c. 11.

Certum eſt nos mandata ſervare ſi volumus, ſed quia præparatur voluntas à Domino , ab illo petendum eſt , ut tantum velimus quantùm ſufficit , ut volendo faciamus. *S. Aug. de Grat. & lib. arbitrio* c. 16.

Da nobis & poſſe & velle quæ præcipis. *Oraiſon du Samedy ſaint.*

205 Oüi, qu'il peut à toute heure obéïr à la Loy:

     Mais vous devez aussi convenir avec moy,

     Que nous ne mettrons point ce pouvoir en usage.

     Si notre volonté n'y joint pas son suffrage,

     Elle qui pour le bien le refuse toûjours

210 Si Dieu pour la fléchir n'accorde son secours.

     Qu'avec crainte & frayeur notre salut s'opere,

     C'est Dieu qui forme en nous le vouloir & le faire;

     Ce qu'il ordonne arrive au moment qui luy plaist;

     Pour penser, pour agir, l'homme attend son arrest.

215 Dieu commande, & dans l'homme il fait ce qu'il
         commande;

     Il donne le premier ce qu'il veut qu'on luy rende;

     D'où vient donc cet orgüeil si follement conçu?

     Quel bien possedons-nous que nous n'ayons reçu?

R E M A R Q U E S.

Vers 211. *Qu'avec crainte & frayeur,*
&c) Cum metu & tremore salutem
vestram operamini, Deus est enim qui
operatur in vobis & velle & perficere.
Philipp. 2. *v.* 12.

Ipse in vobis faciet quod vultis,
ipso adjuvante voluntatem vestram
implebitis ; sed dum non potestis,
confitemini ; cum potestis, gratias
agite ; jacentes clamate, erecti super-
bire nolite. *S. Aug. enar. in Psalm.*
134.

Vers 214. *Pour penser, pour agir.*)
Divini muneris est cum recte cogita
mus. *Conc. d'Orange Canon* 9.

Non quod sufficientes simus cogi-
tare aliquid à nobis, quasi ex nobis,
sed sufficientia nostra ex Deo est. 2.
Corint. 3. 5.

Vers 215. *Dieu commande, &c.*)
Da quod jubes, & jube quod vis. *S.*
Augustin Confess.

Certum est, nos facere, cum faci-
mus ; sed ille facit ut faciamus, præ-
bendo vires efficacissimas voluntati.
de Gratia & lib arbitr. c. 16.

Sine Gratia nullum prorsus, sive
cogitando, sive volendo & amando,
sive agendo homines faciunt bonum ;
non solum ut monstrante ipsa quid
faciendum sit, sciant, verum etiam
ut præstante ipsa faciant cum dilec-
tione quod sciunt. *de corrept. & Grat.*
c. 2.

Vers 217. *D'où vient donc cet or-*
gueil, &c.) Quid habes quod non accepisti ? Si autem accepisti, qui glo-
riaris quasi non acceperis ? 1. *Corinth.*
4. 7.

In nullo gloriandum, quando nostrum nihil est. *S. Cyprian.*

Mere des bons deffeins, principe de lumiere,

220 La Grace produit tout, & mefme la Priere;

Quand nous courons vers elle, elle nous fait courir,

Quand pour elle un cœur s'ouvre, elle le vient ouvrir;

Elle forme nos vœux, & dans l'homme qui prie,

Par d'ineffables fons c'eft l'efprit faint qui crie.

225 L'homme quand fur luy feul il ofe s'appuyer,

Eft femblable au rofeau qu'un fouffle fait plier.

Tout croît, & vit en Dieu; la foible creature

De fa main liberale attend la nourriture,

Aux pâturages gras il mene fes troupeaux,

230 Il les conduit luy-mefme à la fource des eaux,

Pafteur plein de tendreffe il adoucit leurs peines,

Il porte dans fon fein les brebis qui font pleines.

Soumettons-nous fans crainte à cette Verité,

La Grace eft le foûtien de notre humilité.

235 Au Dieu qui vous conduit, mortels, rendez hommage,

N'allez point toutefois en déteftant Pelage,

Dans un aveugle excès follement entraînez,

R E M A R Q U E S.

Vers 221. *Quand nous courons vers elle, &c.*) Qu s coi fugit ad Gratiam, nifi cum à Domino gre fus hominis diriguntur, & viam ejus volet? ac per hoc & defiderare auxilium Gratiæ, initium Gratiæ eft. *S. Aug. de correp. & Gr. c.* 1.

Vers 222. *Quand pour elle, &c.*) Dei d num eft iligeic Deum. 2. *Conc. d'Orange.*

Vers 224. *Par d'ineffables fons, &c.*) Ipfe fpiritus poftulat pro nobis gemitibus inenarrabilibus. *aux Rom.* 8. 26.

Vers 229. *Aux pâturages gras, &c.*) Reget eos & ad ontes aquarum potabit cos. *Ifaie* 49. 10.

Vers 232. *Il porte dans fon fein.*) In brachio fuo congregabit agnos & in finu fuo levabit, fœtas ipfe portabit. *Ifaie* 40. 11.

Vous croire des captifs malgré vous enchaînez

Et du Ciel oubliant la douceur infinie,

240 Changer son regne aimable en dure tyrannie.

L'impetueux Luther exhalant ses fureurs

Joignit ce dogme impie à tant d'autres erreurs.

Affectant d'élever la Grace & sa puissance,

Il voulut nous ravir la libre obéïssance,

245 Prétendit que contraint par les supresmes loix,

L'homme marche toûjours sans volonté, sans choix,

Vil esclave chargé de chaînes invisibles.

Préchant après Luther ces maximes horribles,

Calvin mit tout en feu ; le fidelle trembla,

250 Et sur ses fondemens l'Eglise s'ébranla.

Pour rassurer alors la Verité troublée,

La sage & sainte Eglise à Trente rassemblée,

Sans que jamais l'erreur y pût mesler son fiel,

Reçut, & nous rendit les réponses du Ciel.

255 Défendons, en suivant ses dogmes respectables,

De nostre liberté les droits inalterables.

Notre cœur n'est qu'amour ; il ne cherche, il ne fuit,

Vers 257. *Notre cœur n'est qu'a-mour.*) Quod amplius nos delectat, secundum id operemur necesse est. *S. Aug. expos. Epist ad Galat. c. 5.*

Delectatio quasi pondus est animæ. *Id. de musica. l. 6. c. 11.*

Cum id quod agendum, & quo nitendum est cœperit non latere, nisi etiam delectet & ametur, non agitur, non suscipitur, non bene vivitur ; ut autem diligatur, caritas Dei diffunditur in cordibus nostris, non per arbitrium liberum quod surgit ex nobis, sed per Spiritum sanctum qui datus est nobis. *De Spir. & litt. c. 3.*

Qu'emporté par l'amour dont la Loy le conduit :

Le plaisir est son maistre, il suit sa douce pente,

260 Soit que le mal l'entraisne, ou que le bien l'enchante.

Il ne change de fin, que lorsqu'un autre objet

Efface le premier par un plus doux attrait ;

La Grace l'arrachant aux voluptez funestes

Luy donne l'avant-goust des voluptez celestes,

265 Le fait courir au Bien qu'en elle il apperçoit,

Voir ce qu'il doit cherir, & cherir ce qu'il voit.

C'est par-là que la Grace exerce son empire ;

Elle mesme est amour, par amour elle attire ;

Commandement toûjours avec joye accepté,

270 Tyran dont les liens rendent la liberté,

Charme qui sans effort brise tout autre charme,

Vainqueur qui plaist encore au vaincu qu'il desarme.

Non que le Dieu puissant qui sçait nous enflammer

REMARQUES.

Vers 263. *La Grace l'arrachant.*) Vincimur, nisi divinitus adjuvemur, ut non solùm videamus quid faciendum sit, sed etiam accedente suavitate delectatio justitiæ vincat in nobis aliarum rerum delectationes. *Enchirid. c.* 81.

Faciat plus delectare quod præcipit, quàm delectat quod impedit. *De Spir & litt. c* 29.

Vers 266. *Voir ce qu'il doit cherir, &c.*) Sic docet Deus eos qui secundum propositum vocati sunt, simul donans & quid agant scire, & quod sciunt agere. *S. Aug. de Gratia.* s. 13.

Gratia agitur non solum ut facienda noverimus, verum etiam ut cognita faciamus, nec solùm ut diligenda credamus, verum etiam ut credita diligamus. *Ibid. c.* 12.

Vers 268. *Elle mesme est amour, &c.*)
—— Indit amorem
Quo redametur amans, & amor quem conserit ipse est.
S. Prosper 2. *part.* 2.

Vers 270. *Tyran dont les liens, &c.*) Tunc efficimur vere liberi, cum Deus nos fingit, id est format & creat, non ut homines quod jam fecit, sed ut boni homines, quod nunc gratia sua facit. *S. Aug. Enchirid.*

Voluntas libera tanto erit liberior, quanto sanior, tanto autem sanior, quanto divinæ misericordiæ Gratiæque subjectior. *S. Aug. Epist.* 147.

Malgré nous toutefois nous force de l'aimer ;

275 Ni qu'à suivre son ordre il veüille nous contraindre ;

En cela pour nos droits nous n'avons rien à craindre.

La Grace se plaist-elle à la gesne du cœur ?

Non, ses heureuses loix sont des loix de douceur.

Il est vray, qu'aussi-tost qu'elle se fait entendre

280 Un infaillible aveu se haste de s'y rendre ;

Mais faut-il s'étonner que cette aimable ardeur,

Dissipe en un moment la plus longue froideur ?

Que du celesté feu cette vive étincelle

Embrase tous les cœurs, n'en trouve aucun rebelle ?

285 Que cette douce chaîne enchaîne librement ?

Que cette voix obtienne jamais un sûr consentement ?

Sans qu'en elle jamais la moindre violence

Arrache cette entiere & prompte obeïssance.

Le malade qui souffre & sent qu'il va mourir

290 Repousse-t'il celuy qui vient pour le guerir ?

Libre de rejetter un pain qu'on luy presente,

Le Pauvre le ravit quand la Faim le tourmente.

Et maistre de rester dans la captivité

R E M A R Q U E.

Vers 278. *Non , ses heureuses loix, &c.)* Non arbitrens istam ac eam molestamque violentiam : dulcis est, suavis est , ipsa suavitas te trahit : nonne ovis trahitur cum esuriet herba, monstratur ? *S. Aug. serm.* 131.

Tunc disco ut faciam , si in tua suavitate doceas me : quamdiu blanditur iniquitas & dulcis est iniquitas, amara est veritas. In tua suavitate doce me : ut suavis sit veritas, dulcedine tua contemnatur iniquitas. *S. Aug. serm.* 154.

Toûjours

Toûjours un malheureux court à la liberté.

295   La volonté peut donc fans eftre maîtrifée

Au pouvoir très-réel fans ceffe eftre oppofée,

Et Luther & Calvin affurent follement

Que la Grace affervit à fon commandement.

J'abhorre, je profcris cet horrible blafphême;

300 De mon fang, s'il le faut, j'en figne l'anathême.

L'homme libre en fon choix, arbitre de fon fort,

Devant luy voit toûjours & la vie & la mort.

C'eft toûjours librement que la Grace l'entraîne,

Il peut luy refifter, il peut brifer fa chaîne.

305   Ouy, je fens que je l'ay ce malheureux pouvoir,

Et loin de m'en vanter, je gemis de l'avoir.

Avec un tel appuy qu'aifément on fuccómbe!

Ah, qui me donnera l'aifle de la colombe!

Loin de ce lieu d'horreur, de ce goufre de maux

310 J'irois, je volerois dans le fein du repos.

C'eft là qu'une éternelle & douce violence

Neceffite des Saints l'heureufe obéïffance.

C'eft là que de fon joug le cœur eft enchanté,

R E M A R Q U E S.

Vers 302. *Devant luy voit*, &c.] Ante hominem vita & mors. Bonum & malum, quod placuerit ei, dabitur illi. *Ecclefiaft.* 15. 18.

Vers 304. *Il peut luy refifter*, &c.] Si quis dixerit liberum hominis arbitrium à Deo motum, & excitatum nihil cooperari affentiendo Deo excitanti..... Nec poffe diffentire fi velit........ anathema fit. *Conc. de Trente feff.* 6. *can.* 4.

Vers 308. *Ah, qui me donnera*, &c.] Quis dabit mihi pennas ficut columbæ, & volabo & requiefcam ? *Pfalm.* 54. *v.* 13.

E

C'eſt-là que ſans regret l'on perd ſa liberté.

315 Là de ce corps impur les ames délivrées :

De la joye ineffable à ſa ſource enyvrées,

Et riches de ces biens que l'œil ne ſçauroit voir,

Ne demandent plus rien, n'ont plus rien à vouloir.

De ce Royaume heureux Dieu bannit les allarmes,

320 Et des yeux de ſes Saints daigne eſſuyer les larmes.

C'eſt là qu'on n'entend plus ni plaintes ni ſoûpirs ;

Le cœur n'a plus alors ni craintes, ni deſirs.

L'Egliſe enfin triomphe : & brillante de gloire

Fait retentir le Ciel des chants de ſa victoire ;

325 Elle chante, tandis qu'Eſclaves deſolez

Nous gemiſſons encor ſur la terre exilez.

Près de l'Euphrate aſſis nous pleurons ſur ſes rives,

Une juſte douleur tient nos langues captives.

Eh, comment pourrions-nous au milieu des méchans,

330 O celeſte Sion, faire entendre tes chants !

Helas ! nous nous taiſons, nos Lyres détenduës

Languiſſent en ſilence aux ſaules ſuſpenduës.

Que mon exil eſt long ! ô tranquille cité !

Sainte Jeruſalem ! ô chere Eternité !

R E M A R Q V E S.

Vers 320. *Et des yeux de ſes Saints,*
&c] Abſterget Deus omnem lacri-
ñdſii ab oculis eorum. *Apocal.* 7.
17.

Vers 327. *Près de l'Euphrate, &c.*]
Super flumina Babylonis, illic ſedi-
mus & flevimus, &c. *Pſalm.* 236.

Quand irai-je au torrent de ta volupté pure

Boire l'heureux oubli des peines que j'endure!

Quand irai-je goûter ton adorable paix!

Quand verrai-je ce jour qui ne finit jamais!

CHANT III.

TEL que brille l'éclair qui touche au mesme instant

Des portes de l'Aurore aux bornes du Couchant,

Tel que le trait fend l'air sans y marquer sa trace,

Tel & plus prompt encor parut le coup de la Grace.

5 Il renverse un Rebelle aussi-tost qu'il l'atteint;

D'un scelerat affreux un moment fait un Saint,

Ce foudre inopiné, cette invisible flamme

Frappe, éclaire, saisit, embrase toute l'ame.

Saintement penetré d'un spectacle effrayant

10 Rancé de ses plaisirs reconnoît le neant,

D'Esclave il devient libre, à la Cour il échappe,

Et fuit dans les deserts pour enfanter la Trappe.

Ainsi courant à nous lorsque nous nous perdons

La Grace quelquefois précipite ses dons.

REMARQUES.

Vers 1. *Tel que brille l'éclair.*) Sicut fulgur exit ab Oriente, & paret usque in Occidentem, ita &c. *Matth.* 24. v. 27.

Vers 9. *Saintement penetré.*) L'on attribue communement l etonnante conversion de Monsieur de Rancé a la vuë du cercueil dune Dame qu'il aimoit.

Vers 14. *La Grace quelquefois, &c.*) Exerit quidem frequenter potens & misericors Deus, mirabiles istos suæ operationis effectus, & quibusdam meatibus non expectata profectuum mora, totum simul quidquid collaturus est invenit . . . . . multo tamen crebrior multoque numerosior pars illa hominum est, cui particulatim quidquid super largitas donat, accrescit. *Traité de la Vocation des Gentils.*

15　Souvent en nous cherchant, moins rapide & moins
　　　vive,

Par des chemins cachez lentement elle arrive.

Elle n'eſt pas toûjours ce tonnerre perçant

Qui fend un cœur de pierre, & par un coup puiſſant

Abbat Saul qu'emportoit une rage homicide,

20 Fait d'un Perſecuteur un Apoſtre intrepide;

Arrache Magdelaine à ſes honteux objets,

Zachée à ſes treſors, & Pierre à ſes filets.

Quelquefois doux rayon, lumiere temperée,

Elle approche, & le cœur luy diſpute l'entrée.

25 Auguſtin dans ſes fers contre elle ſe débat,

Repouſſe quelques coups, prolonge le combat.

Oüi, l'homme oſe ſouvent, triſte & funeſte gloire,

Entre la Grace & luy balancer la victoire;

Mais la Grace pourſuit le Pecheur obſtiné,

30 Et parlant de plus près à ce cœur mutiné,

Tantoſt par des remords l'inquiete & le trouble;

Vers 21. *Arrache Magdelaine.*)
Quoique l'opinion commune des Sçavans diſtingue Marie Magdelaine de
la Femme pech.reſſe, je crois qu'il
eſt permis à un Poete de ſuivre en cela le langage du peuple.

Vers 29. *Mais la Grace pourſuit.*)
Gratia Dei ex nolente volentem facit.
Saint Aug. op. imperf. contra Jul. c.
122.

Vers 31. *Tantoſt par des attraits.*)
Reluctanti prius auditus divinæ vocationis ipſa Dei Gratia procuratur,
ac deinde in illo jam non reluctante
ſtudium virtutis accenditur. *Id. con*
tra 2. epiſt. Pelag. l. c. 6.

Nemo venit niſi velit. Trahitur ergo
miris modis ut velit, ab illo qui novit intus in ipſis hominum cordibus
operari, non ut homines, quod fieri
non poteſt, nolentes credant, ſed
ut volentes ex nolentibus fiant. *Ibid.*
l. 1. c. 19.

Tantoſt par des attraits que ſa bonté redouble
Elle amollit enfin cette longue rigueur,
Et l'homme cede alors vaincu par la douceur.

35　De la Grace tel eſt l'aimable & ſaint empire;
Elle entraîne le cœur, & le cœur y conſpire :
Nous marchons avec elle; ainſi nous meritons,
Et nous devons nommer nos merites des dons.
Ainſi Dieu toûjours maiſtre inſpire, touche, éclaire,
40　Et l'homme toûjours libre, agit & coopere.

Auguſtin de l'Egliſe & l'organe & la voix,
De la celeſte Grace explique ainſi les loix.
Temeraire docteur, eſt-ce là ton langage?
Honteux de reconnoiſtre un ſi libre eſclavage,
45　Par tes détours ſubtils, par tes ſiſtêmes vains
Tu prétends éluder les maximes des Saints.
Helas ! de notre orgüeil telle eſt l'horrible playe;
Nous craignons d'obéïr, & le joug nous effraïe.
Voulant trop raiſonner, nous nous égarons tous :

Vers 36. *Elle entraîne le cœur, &c.*) Nos volumus, ſed Deus in nobis operatur & velle, nos ergo operamur, ſed Deus in nobis operatur & operari pro bona voluntate. *S. Aug de dono perſev. c.* 13.

Vers 38. *Et nous devons nommer nos merites des dons.*) Tanta eſt erga homines Dei bonitas ut eorum velit ſſ merita, quæ ſunt ipſius dona. *Conc. de Trente ſeſſ.* 6. *c.* 16.

Merita tua nuſquam jactes quia & ipſa tua merita Dei dona ſunt. *S. Aug enarr in Pſalm.* 144. *c.* 11.

O beate Paule . . . . . dicam nec timeam, redditur quidem meritis tuis corona ſua, ſed Dei dona ſunt merita tua. *Id. d geſtis Pelag. c.* 14.

Vers 29. *Ainſi Dieu, &c.*) Ut velimus, ſine nobis operatur, cum autem volumus, & ſic volumus ut faciamus, nobiſcum cooperatur. *De Grat & lib arbit c.* 17.

Vers 40. *Et l'homme toûjours, &c.*) Operamur & nos, ſed illo operante cooperamur: *Id. de nat. & Gra. c.* 35.

50 Et de notre pouvoir défenseurs trop jaloux,

Nous usurpons du Ciel les droits les plus augustes,

Nous fixons son empire à des bornes injustes ;

Mais que Dieu confondroit une telle fierté

S'il nous abandonnoit à notre liberté !

55 La Grace, dites-vous, vous paroist la contraindre,

Agreable peril ! ah ! risquons sans rien craindre,

De trop donner à Dieu, de trop compter sur luy.

Quel honneur, & quel bien d'avoir un tel appuy !

Laissons, laissons agir la volonté suprême,

60 L'homme est cher à son Dieu beaucoup plus qu'à

　　　soy-même ;

Dépendons avec joye, & soyons amoureux

Du salutaire joug qui seul nous rend heureux.

Eh, comment resister á sa force puissante ?

La molle & souple argile est moins obéïssante

65 A la main du potier qui la tourne à son gré,

Que le cœur n'est docile au bras qui l'a formé.

Oüi, c'est de ta bonté que je dois tout attendre,

vers 56. *Agreable peril, &c.*) Tutiores vivimus, si totum Deo damus, non autem nos illi ex parte, & nobis ex parte committimus. *De dono perseu c. 6.*

Vers 60. *L'homme est cher, &c.*)
—— Aptissima quæque dabunt dii.
Carior est illis homo quam sibi.
Juvenal. Sat. 10.

Vers 66. *Que le cœur n'est docile.*)

—— Mutans intus mentem atque reformans
Valque novum ex fracto fingens virtute creandi.
S. Prosper 2. p.

Ille qui in cœlo & in terra omnia quæcumque voluit, fecit, etiam in cordibus hominum operatur. *S. Aug. de Grat. & lib. arbit. c. 21.*

J'en

J'en dépends, mais, Seigneur, ma gloire est d'en
    dépendre ;

Tu me menes, je vais ; tu parles, j'obéïs ;

70 Tu te caches, je meurs ; tu parois, je revis ;

A moy-mesme livré, conduit par mon caprice

Ah, j'iray me plonger dans l'affreux precipice ;

Mes vices que je hais, je les tiens tous de moy ;

Ce que j'ay de vertus je l'ay reçu de toy ;

75 De mes égaremens moy seul je suis coupable ;

De mes heureux retours je te suis redevable ;

Les crimes que j'ay faits tu me les as remis ;

Et je te dois tous ceux que je n'ay point commis.

    Qu'une telle doctrine est douce & consolante !

80 Elle remet la paix dans mon ame tremblante.

La Foy m'apprend d'abord à tout craindre de moy,

L'esperance bientôt vient ranimer ma Foy.

„ Par vos foibles efforts, il est vrai, me dit-elle,

„ Vous ne suivrez jamais la voix qui vous appelle !

R E M A R Q U E S.

Vers 71. *A moy-mesme livré.*) Noli
de te præsumere : si te dereliquerit
Deus, in ipsa via deficies, cades,
aberrabis, remanebis : dic ergo illi,
voluntatem quidem liberam dedisti
mihi, sed sine te nihil est mihi cona-
tus meus. *S. Aug. enar. 2. in Psal.*
26. *c.* 17.

Vers 73. *Mes vices que je hais.*)
Mea sola, non sunt nisi peccata.
Idem in Psalm. 70. *serm.* 1. *c.* 20.

Vers 75. *De mes égaremens, &c.*)
Dicturus eras, hoc potest voluntas
mea, hoc potest liberum arbitrium
meum. Quæ voluntas ? Quod liberum
arbitrium ? nisi ille regat, cadis :
nisi ille erigat, jaces. *Id. serm.* 156.
v. 10. *de verbis Apost. Rom.* 8.

Vers 76. *De mes heureux retours.*)
Non potuisti in te nisi perdere te, nec
scis invenire te, nisi ille qui fecit
te, quærat te. *Id. serm.* 13. *v.* 3.

Vers 78. *Et je te dois tous ceux, &c.*)
Gratæ tuæ deputo & quæcumque
non feci mala ; & omnia mihi di-
missa esse fateor, & quæ mea sponte
feci mala, & quæ te duce non feci.
Id. Confess. l. 2. *c.* 6.

F

85 „ De cruels ennemis, helas ! environné

    „ Vous eftes à leurs traits fans ceffe abandonné.

    „ Mais vous avez au Ciel un Pere qui vous aime,

    „ Un Pere, c'eft le nom qu'il s'eft donné luy-mefme,

    „ Raffeurez-vous, fon Fils luy fera toûjours cher.

90 „ Periffe l'infenfé qui prend un bras de chair.

    „ Mais l'homme humble & fidelle à fon Dieu fe confie,

    „ Et peut tout en celuy qui feule le fortifie.

    Le M...... aidé par un autre fecours

    Ne fera point ému d'un femblable difcours.

95 A fes ordres foûmife, à fes defirs prefente

    Et compagne affiduë, ainfi qu'obéïffante

    La Grace, nous dit-il, vient offrir fon appuy,

    Quand il veut, il s'en fert, l'ufage en eft à luy.

    Dieu fournit l'inftrument qui gagne la victoire,

100 Mais de s'en bien fervir l'homme feul a la gloire.

    Dogmes cachez long-tems aux humains aveuglez,

    Et qui par M...... font enfin dévoilez ;

    M...... qui pour nous plein d'un amour de pere

    Adoucit d'Auguftin le dogme trop fevere,

105 Rend un calme flateur à notre efprit troublé,

R E M A R Q U E S.

Vers 90. *Periffe l'infenfé.*) Maledictus homo qui confidit in homine, & ponit carnem brachium fuum. *Jerem.* 17. 5.

Vers 92. *Et peut tout en celuy, &c.*) Omnia poffum in eo qui me confortat. *Aux Philip.* c. 4. v. 13.

Décide & parle en maiftre où Paul avoit tremblé.

„ Il n'eft point, nous dit-il, de race favorité,

„ Dieu fçait de cet enfant quel fera le merite,

„ Dieu le voit déja tel qu'il doit fe rendre un jour,

110 „ Et luy deftine ainfi fa haine ou fon amour.

„ La Grace eft une fource en public expofée,

„ Dont l'onde eft en tout tems par toute main puifée

„ Et lorfque pour agir nous faifons nos efforts

„ Dieu nous doit auffi-toft ouvrir tous fes trefors.

115 Dans l'Efpagne où d'abord ces maximes parurent

La Vérité trembla, les Ecoles s'émurent,

Et du faint fi fameux par fes rares écrits

Les Difciples fçavans éleverent leurs cris.

Pour ramener la paix dans l'Eglife troublée

120 Le Pontife appella la fameufe affemblée

Où Lemos défenfeur des celeftes fecours

Du menfonge fouvent débroüilla les détours.

On vit, on detefta la doctrine nouvelle.

Clement alloit lancer fon tonnere fur elle,

R E M A R Q U E S.

Vers 113. *Et lorfque pour agir, &c.* Facienti quod in fe eft, Deus non denegat Gratiam. *Propofition qui fut condamnée par le Clergé de France en* 1700.

Vers 118. *Et du faint fi fameux, &c.*) Saint Thomas. Les Dominiquains fes Difciples, attaquerent vivement le Livre, *de Concordia Gratia & liberi arbitrii*, dés qu'il parut ils le defere-rent à l'Inquifition de Valladolid & de Caftille. Cette caufe fut portée à Rome, où le Pape Clement. VIII. pour en juger, établit la Congrega-tion *de Auxiliis* en 1597.

Vers 121. *Où Lemos.*) Celebre Do-miniquain, qui foutint tout le poids des difputes tenües dans la Congrega-tion *de Auxiliis.*

F ij

125 Son bras estoit levé, mais la mort l'arresta.

Paul qui bientost après dans sa chaire monta,

Voulut frapper l'erreur à son trône citée :

Il prepara le coup, la bulle fut dictée :

Du sistême nouveau le défenseur craignit,

130 Mais dans le Vatican le foudre s'éteignit.

De M..... pourtant qu'épargne l'anathême

Ne detestons pas moins le dangereux sistême,

Si le cœur orgueilleux aisément le reçoit,

Plus aisément encor la Raison le conçoit.

135 Le Ciel à nos regards n'a plus rien d'invisible,

On perce de la Foy le nuage terrible,

Des mysteres divins le voile est écarté.

Mais, pour moy qui cheris leur sainte obscurité,

Je ramene le voile, & ne veux pas comprendre

140 Ce qu'un foible mortel ne doit jamais entendre :

Quelle main temeraire oseroit arracher

Les sceaux qu'au Livre saint Dieu voulut attacher ?

Toy seul, Agneau puissant, ô Victime adorable !

Toy seul tu peux ouvrir le Livre respectable.

R E M A R Q U E S.

Vers 130. *Mais dans le Vatican.*) Clement VIII. mourut lorsqu'il estoit prest de décider la question. Leon XI. luy succeda, & mourut peu de jours après. Paul V. reprit l'examen de ces disputes, & les fit continuer en sa presence. Enfin suivant la pluralité des voix, il fit dresser une bulle, mais il ne la publia jamais.

Vers 141. *Quelle main*, *&c.*) Quis dignus est accipere librum & solvere signacula ejus ? *Apocal.* 5. 2.

Vers 143. *Toy seul*, *&c.*) Dignus es Domine accipere librum, & aperire signacula ejus, quoniam occisus es, &c. *Ibid.* v. 8.

145 Helas, s'il eſtoit vray, qu'un ſerviteur heureux,

Miniſtre obéïſſant, vînt remplir tous mes vœux,

Si je trouvois pour moy la Grace toûjours preſte,

Que du Ciel aiſément je ferois la conqueſte !

Mais l'homme toutefois, chancelant, inégal,

150 Rencontre à tous ſes pas quelque obſtacle fatal.

A la plus douce paix un trouble affreux ſuccede.

Il aimoit, il languit ; il brûloit, il eſt tiede :

La joye & le chagrin, la froideur & l'amour,

De ſon cœur inconſtant s'emparent tour à tour.

155 Après avoir long-tems couru dans la carriere,

Tout à coup il s'arreſte & recule en arriere.

Toy donc, heureux mortel, arbitre ſouverain.

Toy qui trouves toûjours la Grace ſous ta main,

Contre tant de malheurs montre ton privilege,

160 Fais connoiſtre tes droits au Demon qui t'aſſiege.

Le chagrin te ſaiſit, tu te ſens agité ;

Vien te rendre la joye, & la tranquillité,

Etouffe ces dégoûts qui commencent à naiſtre :

Il eſt tems : qu'attends-tu ? commande, parle en

maiſtre.

165 Mais quoy ? deſir, effort, menace, tout eſt vain ;

R E M A R Q U E.

Vers 159. *Montre ton privilege.*) Se-
lon M... Dieu a fait un pacte avec
Jeſus-Chriſt, par lequel il s'engage
à donner la Grace à tous les hommes
qui feront ce qui ſera en eux par les
forces de la nature.

Et tu veux sans succès trancher du Souverain.

Miserable, du moins reconnoi ta misere.

L'orgueil t'avoit seduit, fais-en l'aveu sincere,

Et ressens le besoin d'un plus puissant secours,

170 Au Seigneur sans rougir tu peux avoir recours.

Va pleurer à ses pieds; implore, presse, crie,

Il se plaist à donner, mais il veut qu'on le prie,

Il faut ravir ses biens, & pour estre accordé,

Sans cesse son appuy doit estre demandé.

175 Nous ne pouvons jamais lasser sa patience,

Il aime que nos cris luy fassent violence.

Cependant si la Grace obéït à nos loix,

Faut-il pour l'obtenir l'appeller tant de fois?

Et si nous avons tous la force salutaire,

180 Que sert-il de prier? nous devons tous nous taire.

Tendre Eglise sur nous vous pleurez vainement,

Colombe finissez ce long gemissement.

R E M A R Q U E S.

Vers 172. *Il se plaist à donner, &c.*) Deus dare vult, sed non dat nisi petenti, ne det non cupienti. *S. Aug. in Psalm.* 102 art. 10.

Vers 173. *Il faut ravir ses biens, &c.*) Vult exerceri in orationibus desiderium nostrum, quo possimus capere, quod præparat dare. *Id Epist.* 130. c 8.

Vers 180. *Que sert il de prier, &c.*) Quid stultius quam orare ut facias, quod in potestate habeas ? *Id. de Na. & Grat* c. 18.

Qui orat, & dicit *ne nos inferas in tentationem*, non utique id orat ut homo sit, quod est natura, neque id orat ut habeat liberum arbitrium, quod jam accepit, cum crearetur ipsa natura; neque orat remissionem peccatorum, quia hoc superius dicitur, *Dimitte nobis debita nostra*, neque orat ut accipiat mandatum, sed plane orat ut faciat mandatum : orat ergo ut non peccet.... unde satis apparet quod ad non peccandum, id est ad non male faciendum, quamvis esse non dubitetur arbitrium voluntatis, tamen ejus potestas non sufficiat, nisi adjuvetur infirmitas, ipsa igitur oratio, clarissima est gratiæ testificatio. *Id. epist.* 167 c. 2.

Miniſtres eſſuyez vos larmes aſſiduës ;

Et retirez vos mains vers le Ciel étenduës ;

185 Vous qui pouſſez vers Dieu des ſoûpirs éternels

Fideles proſternez aux pieds de ſes autels,

Pourquoy répandre ainſi des prieres ſteriles ?

C'eſt à vous d'ordonner, vos cœurs vous ſont dociles,

Vous-meſmes à vos maux donnez un prompt ſecours,

190 Vous pouvez tout ; mais quoy, vous ſoûpirez toû-

jours,

Et de tous vos efforts vous ſentez l'impuiſſance.

Helas, qui n'en a point la triſte connoiſſance !

Quel mortel à ſon gré diſpoſe de ſon cœur !

Si l'on en croit pourtant un ſiſtême flateur,

195 Pour le bien & le mal l'homme également libre

Conſerve, quoy qu'il faſſe, un conſtant équilibre :

Et lorſque l'écartant des loix de ſon devoir

Les paſſions ſur luy redoublent leur pouvoir,

Auſſi-toſt balançant le poids de la nature

200 La Grace de ſes dons redouble la meſure,

L'homme les perd encore, & toûjours liberal

Le Ciel de nouveaux dons luy rend un nombre égal.

Dieu pour le criminel qui brave ſa colere

Doit payer de ſes biens un tribut neceſſaire.

205 Mais en les diſſipant on s'enrichit encor

Et de Graces ſans nombre on amaſſe un treſor.

Pourquoy donc les Pecheurs qui deteſtent leurs
  chaînes,

Pour s'en débarraſſer trouvent-ils tant de peines?

Ces plaiſirs qu'avec joye ils ont long-tems ſuivis

210 Sous leur regne cruel les tiennent aſſervis;

Ils voudroient s'affranchir d'un joug dont ils gemiſ-
  ſent,

Mais helas, chaque jour leurs forces s'affoibliſſent,

Leurs fers ſe reſſerrant deviennent plus affreux,

215 Et toûjours leur fardeau s'appeſantit ſur eux.

Oüi, de nos paſſions la trop longue habitude

Malgré nous à la fin ſe change en ſervitude.

Pour connoiſtre à quels maux ce mortel eſt livré

Qui veut chaſſer l'amour de ſon cœur ulceré,

220 Faiſons taire un moment les Saints dans cet ouvrage

Et d'un Voluptueux écoutons le langage.

„Infortuné captif, ceſſe donc de ſouffrir:

REMARQUES.

Vers 215. Oüi, de nos paſſions, &c.)
Ex voluntate perverſa, facta eſt li-
bido, & dum ſervitur libidini, factâ
eſt conſuetudo, & dum conſuetudini
non reſiſtitur, facta eſt neceſſitas.
S. Aug. Confeſſ. l. 8. c. 5.
  Vers 221. Infortuné captif, &c.)
Tout cecy eſt imité de l'Epigramme
ſoixante-dix-ſeptiénre de Catulle.
Quin te animo obfirmas itaque in-
  ſtructoque reducis?
  Et diis invitis, deſinis eſſe miſer?
Difficile eſt longum ſubito deponere
  amorem.
  Difficile eſt: verum hoc quâ lubet,
  efficias.....
O Dii, ſi veſtrum eſt miſereri, aut ſi
  quibus unquam
Extrema jam ipſa in morte tuliſtis
  opem,
Me miſerum aſpicite: & ſi vitam
  puriter egi,
  Eripite hanc peſtem, perniciem-
  que mihi,
Quæ mihi ſubrepens imos, ut torpor,
  in artus,
  Expulit ex omni pectore lætitias.
Non jam illud quæro, contra ut me
  diligat illa....
Ipſe valere opto, & tetrum hunc de-
  ponere morbum
O Dii reddite mi hoc pro pietate
  mea.

„Sauve-toy,

,, Sauve-toy gueris-toy ; mais comment te guerir ?

,, Comment fortir fi-toft d'un fi long efclavage ?

,, O Dieux ! fi la clemence eft votre heureux partage,

225 ,, Si vous jettez les yeux fur ceux qui vont mourir,

,, Mes fupplices cruels vous doivent attendrir.

,, Grands Dieux ! regardez-moy ; détournez cette

   flamme ,

,, Qui défend à la paix toute entrée en mon ame,

,, Et confume mon corps par un cruel poifon.

230 ,, Je ne t'implore , ô Ciel ! que pour ma guerifon ,

,, Je ne demande pas que de celle que j'aime

,, L'amour puiffe répondre à mon amour extrême ,

,, Mais fi j'ay merité quelque chofe de toy ,

,, O Ciel ! rends-moy la vie; ô Dieux gueriffez-moy.

235 Ovide en criminel avoüant tous fes crimes

   Nous en avoüe auffi les peines legitimes.

,, Je hais ce que je fuis , je ne m'aimai jamais ;

,, Cependant malgré-moy je fuis ce que je hais.

,, Non , je ne puis fortir de mon état funefte ;

240 ,, Qu'il eft dur de porter un fardeau qu'on détefte ?

   Medée en fuccombant regrète fa Pudeur ,

R E M A R Q U E S.

Vers 237. *Je hais ce que je fuis.*) *Ovid. Amor. l. 2. eleg. 4.*
Odi , nec poffum cupions non effe
quod odi.
Heu quàm quod ftudeas ponere ,
ferre grave eft !

Vers 241. *Medée en fuccombant.*)
————Si poffem , fanior effem ,
Sed trahit invitam , nova vis ; aliud-
que cupido ,

G

Et se livre au transport que condamne son cœur.

Pour sauver les débris de sa Vertu fragile

Dans les bras de la mort Phedre cherche un asile.

245 Mais détournons nos yeux de ces tristes objets,

Et laissons les Payens en proye à leurs regrets.

Regardons un mortel que la Grace divine

Fait sortir triomphant d'une guerre intestine;

Et du grand Augustin apprenons aujourd'huy

250 Ce que l'homme est sans Dieu, ce que Dieu peut

sur luy.

„ Ma fougueuse jeunesse ardente pour les crimes

„ Me fit courir d'abord d'abismes en abismes,

„ Je vous fuyois, Seigneur, vous ne me quittiez pas;

„ Et la verge à la main me suivant pas à pas,

255 „ Par d'utiles dégoûts vous me rendiez ameres

„ Ces mesmes voluptez à tant d'autres si cheres.

„ Vous tonniez sur ma teste; à vos pressans avis

„ Ma mere s'unissoit en pleurant sur son fils.

R E M A R Q U E S.

Mens aliud suadet : video meliora,
   proboque,
Deteriora sequor.
Ovid. Metam. lib. 7.

   Vers 251. *Ma fougueuse jeunesse.*)
Utrumque in confuso æstuabat, &
rapiebat imbecillam ætatem per
abrupta cupiditatum, atque mersa-
bat gurgite flagitiorum. *S. Aug. Confess. l.* 2. *c.* 2.

   Vers 253. *Je vous fuyois, Seigneur,
&c.*) Tu semper aderas misericor-
diter sæviens, & amarissimis asper-
gens offensionibus omnes illicitas ju-

cunditates meas. *Ibidem.*

   Vers 257. *Vous tonniez sur ma teste,
&c.*) Invaluerat super me ira tua &
nesciebam. Obsurdueram stridore ca-
tenæ mortalitatis meæ, pœna super-
biæ animæ meæ. *Ibid.*

Et circumvolabat super me fidelis
à longe misericordia tua. . . . . & in
omnibus flagellabas me. *l.* 3. *c.* 3.

   Vers 258. *Ma mere s'unissoit, &c.*)
Non desineret horis omnibus oratio-
num suarum de me plangere ad te
Ibid. c. 11.

„ Mais j'étois sourd alors par le bruit de ma chaîne,

260 „ Chaîne de passions qu'un miserable traîne.

„ Ma mere par ses pleurs ne pouvoit m'ébranler,

„ Et vous tonniez, grand Dieu, sans me faire trembler.

„ Enfin de mes plaisirs l'ardeur fut amortie,

„ Je revins à moy-mesme, & detestai ma vie;

265 „ Je voyois le chemin, j'y voulois avancer ;

„ Mais un funeste poids me faisoit balancer.

„ J'avois trouvé, j'aimois cette perle si belle

„ Sans pouvoir me resoudre à tout vendre pour elle.

„ Par deux puissans rivaux tour à tour attiré

270 „ J'estois de leurs combats au dedans déchiré.

„ Mon Dieu m'aimoit encore, & sa bonté supresme

„ Souvent à mes regards me presentoit moy-mesme.

„ Helas qu'en ce moment je me trouvois affreux !

„ Mais j'oubliois bientost mon estat malheureux:

275 „ Un sommeil létargique accabloit ma paupiere.

REMARQUES.

Vers 263. *Enfin de mes plaisirs, &c.*) Viluit mihi repente omnis vana spes, & surgere cœperam ut ad te redirem. *l. 3. c. 4.*

Vers 267. *J'avois trouvé, j'ai-moi.*) Inveneram jam bonam margaritam, & venditis omnibus quæ haberem emenda erat, & dubitabam. *l. 8. c. 1.*

Vers 269. *Par deux puissans rivaux.*) Velle meum tenebat inimicus, & inde mihi catenam fecerat, & constrin-

xerat me...... Ita duæ voluntates meæ, una vetus, alia nova ; illa carnalis, illa spiritalis, confligebant inter se, atque discordando dissipabant animam meam. *Ibid. c. 5.*

Vers 272. *Souvent à mes regards, &c.*) Constituebas me ante faciem meam, ut viderem quam turpis essem, quam distortus & sordidus, maculosus, & ulcerosus. *Ibid. c. 7.*

Vers 275. *Un sommeil létargique, &c.*) Sarcina sæculi, velut somno

G ij

„ M'éveillant quelquefois je cherchois la lumiere,

„ Et dès qu'un foible jour paroiffoit fe lever

„ Je refermois les yeux de peur de le trouver.

„ Une voix me crioit, *fors de cette demeure*,

280 „ Et moy, je répondois, *un moment, tout à l'heure.*

„ Mais ce fatal moment ne pouvoit point finir,

„ Et cette heure toûjours differoit à venir.

„ De mes premiers plaifirs la troupe enchantereffe

„ Voltigeant près de moy, me repetoit fans ceffe :

285 „ *Nous t'offrons tous nos biens, & tu veux nous*

    quitter.

„ *Sans nous, fans nos douceurs qui peut fe contenter ?*

„ *Le fage en nous cherchant trouve un bonheur facile,*

„ *Son corps eft fatisfait, & fon ame eft tranquille.*

„ *Mortels vivez heureux & profitez du tems,*

290 „ *Du torrent de la joye enyvrez tous vos fens.*

„ *Fuyez de la Vertu l'importune triffeffe ;*

REMARQUES.

affolet, dulciter premebar, & cogitationes quibus ne litabar in te, fimiles erant conatibus expergifci volentium, qui tamen fuperari foporis altitudine remerguntur. *Ibid. c.*).

Vers 280. *Et moy, je répondois, &c.*) Modo, ecce modo, fine paululum. Sed modo & modo non habebant modum, & fine paululum in longum ibat. *Ibid. c.*).

Vers 283. *De mes premiers plaifirs, &c.*) Retinebant nugæ nugarum, & vanitates vanitantium antiquæ amicæ meæ, & fuccutiebant veftem meam carneam, & fubmurmurabant, dimittifne nos ? & à momento ifto non erimus tecum ultra in æternum... velut à dorfo muffitantes & difcedentem quafi furtim vellicantes ut refpicerem ; retardabant tamen cunctantem me abripere atque excutere ab eis & tranfilire quo vocabar, cum diceret mihi confuetudo violenta ; Putafne fine iftis poteris ? *Ibid. c.* 11.

,, *Couchez-vous sur les fleurs, dormez dans la molleſſe,*

,, *Et toy qui dès long-tems nos bienfaits ont charmé,*

,, *Crois-tu donc qu'avec nous ton cœur accouſtumé*

295 ,, *Puiſſe ainſi s'arracher aux delices qu'il aime?*

,, *Helas, en nous perdant tu te perdras toy-meſme.*

,, Mais devant moy l'aimable & douce chaſteté

,, D'un air pur & ſerein, rempli de majeſté

,, Me montrant ſes amis de tout ſexe, tout âge,

300 ,, Avec un ris mocqueur me tenoit ce langage.

,, *Tu m'aimes, je t'appelle, & tu n'oſes venir,*

,, *Foible & lâche Auguſtin, qui peut te retenir?*

,, *Ce que d'autres ont fait ne le pourras-tu faire?*

,, *Incertain, chancelant, à toy-meſme contraire,*

305 ,, *Tu veux rompre tes fers, tu veux & ne veux plus.*

,, *Ne fixeras-tu point tes pas irreſolus?*

,, *Regarde à mes côtez ces colombes fidelles,*

,, *Pour voler juſqu'à moy Dieu leur donna des aiſles,*

,, *Ce Dieu t'ouvre ſon ſein, jette-toy dans ſes bras.*

310 ,, Helas je le ſçavois, mais je n'y courois pas.

R E M A R Q U E.

Vers 297. *Mais devant moy, &c.*) Caſta dignitas continentiæ, ſerena & non diſſolute hilaris, honeſte blandiens ut venirem neque dubitarem, & extendeus ad me ſuſcipiendum & amplectendum pias manus plenas gregibus bonorum exemplorum....... & irridebat me irriſione hortatoria quaſi diceret, tu non poteris quod iſti, quod iſtæ? an vero iſti & iſtæ in ſemetipſis poſſunt, ac non in Domino Deo ſuo? Dominus Deus eorum me dedit eis. Quid in te ſtas & non ſtas? projice te ſecurus in eum, noli metuere, non ſe ſubtrahet ut cadas; projice te ſecurus, excipiet, & ſanabit te. *Ibid.*

,, Un jour enfin laſſé de cette vive guerre

,, Je pleurois, je criois, je m’agitois par terre,

,, Quand tout à coup frappé d’un ſon venu des cieux,

,, Et des mots du ſaint livre où je jettai les yeux,

315　,, L’orage ſe calma, mes troubles s’appaiſerent,

,, Par votre main, Seigneur, mes chaînes ſe briſerent,

,, Mon eſprit ne fut plus vers la terre courbé,

,, Je ſortis de la fange où j’étois embourbé.

,, Ma volonté changea, ce qui vous eſt contraire

320　,, Me déplut, & j’aimai tout ce qui peut vous plaire,

,, Ma mere qu’à vos pieds vous vîtes tant de fois

,, Pleurer ſur un ingrat rebelle à votre voix,

,, Ma tendre mere enfin ſortit de ſes alarmes,

,, Et retrouva vivant le fils de tant de larmes.

325　,, Je connus bien alors que votre joug eſt doux,

,, Non, Seigneur, il n’eſt rien qui ſoit ſemblable à vous.

,, Dès icy-bas ma bouche unie avec les Anges

,, Ne ſe laſſera point de chanter vos loüanges.

,, Je n’aimerai que vous, vous ſerez deſormais

330　,, Ma gloire, mon ſalut, mon aſile, ma paix.

R E M A R Q U E S.

Vers 312. *Je pleurois, je criois.)* Sub quadam arbore ſtravi me neſcio quomodo, & dimiſi habenas lacrymis, & proruperunt flumina oculorum meorum. *Ibid. c.* 12.

Vers 315. *L’orage ſe calma.)* Statim quaſi luce ſecuritatis infuſa cordi meo, omnes dubitationis tenebræ diffugerunt.... Dirupiſti vincula mea, tibi ſacrificabo ſacrificium laudis. Laudet te cor meum & lingua mea. *Ibid.*

Vers 325. *Je connus bien alors, &c.)* Quam ſuave mihi ſubito factum eſt carere ſuavitatibus nugarum! *l.* 9. *c.* 1.

„O loy sainte! ô loy chere! ô douceur éternelle!

„Ineffable grandeur! beauté toûjours nouvelle!

„Verité qui trop tard avez sçu me charmer,

„Helas! que j'ay perdu de tems sans vous aimer!

REMARQUE.

Vers 334. *Helas! que j'ay perdu.*) Sero te amavi, pulcritudo tam anti- qua & tam nova, sero te amavi. *l.* 10. c. 27.

CHANT.

CHANT IV.

REDOUBLONS, s'il se peut, l'ardeur qui
nous anime,
Elevons notre voix sur un ton plus sublime;
Osons du Dieu vivant celebrer la grandeur,
Osons de ses desseins montrer la profondeur.
5 Desseins toûjours cachez, secrets impenetrables,
Jugemens éternels, Arrêts irrevocables,
Qui reglant l'avenir fixent avant les tems
Et le destin des bons & celui des méchans.
Mystere tenebreux, qui pourra le comprendre?
10 Mais, Seigneur, devant toy tout l'homme n'est que
cendre.
Sans les examiner qu'il reçoive tes loix.
O Dieu de Verité, quand tu parles, je crois;
De ma fiere raison j'arrête l'insolence,
Loin de t'interroger, je t'adore en silence,
15 Je crois tes dogmes saints, quoiqu'ils me soient
voilez.
Je les chante; mortels, écoutez, & tremblez.
De nos fragiles corps Dieu conserve la vie,
Lui seul répand le jour dans notre ame obscurcie,

Par lui nos cœurs glacez s'enflamment pour le bien ;

20 Mais ce Dieu donne tout, ne devant jamais rien :

Et la Grace qui rend la nature agiſſante

Eſt l'heureuſe faveur de ſa main bienfaiſante.

Mortels à ſes bienfaits quel droit prétendez-vous?

Du livre des vivans il peut vous rayer tous.

25 Fils ingrats, fils pecheurs, victimes du ſupplice,

Nous naiſſons tous marquez au ſceau de ſa Juſtice.

Depuis le jour qu'Adam merita ſon courroux

Les feux toûjours brûlans ſont allumez pour nous.

Sous lui, ſous ſes enfans heritiers de ſon crime

30 La même chûte ouvrit un éternel abîme.

Pour un crime pareil ſi l'Ange eſt condamné,

Pourquoi l'homme après lui ſera-t-il épargné ?

Tous deux de la revolte également coupables

R E M A R Q U E S.

Vers 20. *Mais ce Dieu donne tout, &c.*) Quibus deeſt tale adjutorium jam pœna peccari eſt, quibus autem datur, ſecundum gratiam datur, non ſecundum debitum. *S. Aug. de corrept. & Grat c.* 10.

Vers 24. *Du livre des vivans, &c.*) Univeſa maſſa pœnas debet, & ſi omnibus debitum damnationis ſupplicium redderetur, non injuſte procul dubio redderetur. *Id. de nat. & Grat. c.* 5.

Cur non omnibus detur *fides* fidelem movere non debet qui credit ex uno omnes iſſe in condemnationem ſine dubitatione juſtiſſimam, ita ut nulla Dei eſſet juſta reprehenſio, etiamſi nullus inde liberaretur. *Id. de præd. Sanctor. c.* 8.

Vers 27. *Depuis le jour qu'Adam, &c.*) Quia per liberum arbitrium Adam Deum deſeruit, juſtum judicium Dei expertus eſt, ut cum tota ſua ſtirpe, quæ in illo adhuc poſita tota cum illo peccaverat damnaretur. Quotquot enim ex hac ſtirpe gratia Dei liberantur, à damnatione utique liberantur, qua jam tenentur obſtricti. Unde etiam ſi nullus noceraretur, juſtum Dei judicium nemo juſte reprehenderet. Quod ergo pauci in comparatione pereuntium, in ſuo vero numero multi liberantur, gratia fit, gratis fit, gratiæ ſunt agendæ quia fit, ne quis velut de ſuis meritis extollatur, ſed omne os obſtruatur, & qui gloriatur, in Domino glorietur. *de correp. & Gratia c.* 10. —

Vers 33. *Tous deux de la revolte, &c.*) Sic Deus ordinavit hominum & angelorum vitam, ut in ea prius

Devoient tous deux s'attendre à des peines fembla-

bles.

35 Sans efpoir de retour l'Ange précipité

Eprouva tous les traits de la feverité.

Des humains en deux parts Dieu fepara la maffe,

Il fit juftice à l'une & l'autre obtint fa grace.

Les hommes, à fes yeux en merites égaux,

40 Reçurent pour partage ou les biens ou les maux.

Nous fûmes tous jugez : de la race profcrite

Sa bonté fepara la race favorite :

Et pour le petit nombre aimé, cheri deflors,

De fes biens éternels il ouvrit les trefors.

45 C'eft ce nombre fi cher, ce celefte heritage

Qu'il referve à fon Fils pour augufte appanage.

Chef de tous les Elûs, Jefus-Chrift par fon Sang,

Luy-mefme élû par Grace a merité ce rang.

Cher & petit troupeau que m'a donné mon Pere,

oftenderer quid poffet eorum liberum arbitriun, deinde quid poffet fuæ gratiæ beneficium, juftitiæque judicium. *De correp. & Grat. c. 10.*

Vers 41. *Nous fûmes tous jugez.*) Elegit nos in ipfo ante mundi conftitutionem, ut effemus fancti & immaculati in confpectu ejus in charitate. *Ephef. 1. v. 4.*

Elegit ergo nos Deus in Chrifto ante mundi conftitutionem prædeftinans nos in adoptionem filiorum, non quia per nos fancti & immaculati futuri eramus, fed elegit prædeftinavitque ut effemus. *S. Aug. de præd. Sanct. c. 18.*

Vers 44. *De fes biens éternels, &c.* Hæc eft prædeftinatio fanctorum, nihil aliud, præfcientia fcilicet & præparatio beneficiorum Dei quibus certiffime liberantur quicumque liberantur. *De dono perfev. c. 14.*

Vers 47. *Chef de tous les Elûs.*) Qui prædeftinatus eft Filius Dei. *Aux Romains c. 1. v. 4.*

Sicut prædeftinatus eft ille unus, ut caput noftrum effet, ita multi prædeftinati fumus, ut membra ejus effemus. *S. Aug. de præd. Sanct. c. 15.*

Vers 49. *Cher & petit troupeau.*)

50 *Bannis toute frayeur*, dit ce Dieu tutélaire;

   Je connois mes brebis, je suis toûjours leurs pas;

   Et l'ennemi cruel ne les ravira pas:

   Sur les tendres agneaux que le Ciel me confie,

   Sans relâche attentif, je réponds de leur vie.

55   Les hommes par ce choix qui partage leur fort,

   Sont tous devant celui qui ne fait aucun tort,

   Les uns vases d'honneur, objets de ses tendresses,

   Connus, prédestinez à ses riches promesses;

   Les autres malheureux, inconnus, reprouvez,

60 Vases d'ignominie, aux flammes reservez.

    Qu'icy sans murmurer la raison s'humilie:

   Dieu permet notre mort ou nous donne la vie:

   Ne lui demandons point compte de ses decrets,

   Qui pourra d'injustice accuser ses Arrêts?

65 L'homme ce vil amas de bouë & de poussiere

   Soûtiendroit-il jamais l'éclat de sa lumiére?

   Ce Dieu d'un seul regard confond toute Grandeur,

Nol te t'mere pusillus grex, quia com-
placuit patri vestro dare vobis regnum. *Luc.* 12. 32. Oves meæ non peri-
bunt in æternum, & non rapiet eas
quisquam de manu mea. *Jean* 10. *v.*23.
   Vers 57. *Les uns vases d'honneur.*)
Ut ostenderet divitias gloriæ suæ in
vasa misericordiæ, quæ præparavit in
gloriam. *Romains.* 9. *v.* 23.
   Vers 58. *Connus.*) Præcogniti ante
mundi constitutionem. 1. *ep. de S.*
Pierre. 1.

   Vers 60. *Vases d'ignominie, aux*
flammes reservez.) Vasa iræ, apta in
interitum. *Aug. Rom.* 9. *v.* 22.
   Vers 64. *Qui pourra d'injustice,*
&c.) Sufficit scire homini quod non
est iniquitas apud Deum: jam quomodo ista dispenset, faciens alios secundum meritum vasa iræ, alios secundum gratiam vasa misericordiæ: quis
cognovit sensum Domini, aut quis
consiliarius ejus fuit? *S. Aug. contra*
duas ep. Pelag. l. 1. *c.* 20.

Des aftres devant lui s'éclipfe la fplendeur.

Profterné près du trône où fa gloire étincelle

70 Le cherubin tremblant fe couvre de fon aîle,

Rentrez dans le néant, mortels audacieux.

Il vole fur les vents, il s'affied fur les cieux.

Il a dit à la mer, *brife-toi fur ta rive*,

Et dans fon lit étroit la mer refte captive.

75 Les foudres vont porter fés ordres confiez,

Et les nuages font la poudre de fes pieds.

C'eft ce Dieu qui d'un mot éleva nos montagnes,

Sufpendit le foleil, étendit nos campagnes;

Qui pefe l'Univers dans le creux de fa main.

80 Notre globe à fes yeux eft femblable à ce grain

Dont le poids fait à peine incliner la balance.

Il fouffle, & de la mer tarit le gouffre immenfe.

Nos vœux & nos encens font dûs à fon pouvoir;

Cependant quel honneur en peut-il recevoir?

REMARQUES.

Vers 72. *Il vole fur les vents, il s'affied fur les cieux.*) Qui ponis nubem afcenfum tuum, qui ambulas fuper pœnas ventorum. *Pfalm.* 103.

Vers 75. *Il a dit à la mer, &c.*) Qui pofuit arenam terminum mari, præceptum fempiternum, quod non præteribit, & commovebuntur & non poterunt, & intumefcent fluctus ejus, & non tranfibunt illud. *Jeremie c. 5. v. 22.*

Vers 73. *Les foudres, &c.*) Et miniftros tuos ignem urentem. *Pfal.* 103.

Vers 76. *Et les nuages, &c.*) Et nebulæ pulvis pedum ejus. *Nahum* 1. 3.

Vers 79. *Qui pefe l'Univers.*) Quis appendit tribus digitis molem terræ, & liberavit in pondere montes & colles in ftatera? *Ifaie c. 40.*

Vers 80. *Notre globe à fes yeux.*) Ecce gentes quafi ftilla fitulæ, & quafi momentum ftateræ reputatæ funt, ecce infulæ quafi pulvis exiguus. *Ibid.*

Vers 82. *Il fouffle, & de la mer, &c.*) Increpans mare & exficcans illud. *Nahum.* Ecce in increpatione mea defertum faciam mare, ponam flumina in ficcum. *Ifaie* 50.

85 Quel bien luy revient-il de nos foibles hommages ?

Luy seul il est sa fin, il s'aime en ses ouvrages.

Qu'a-t-il besoin de nous ? d'un œil indifferent,

Il regarde tranquille & l'estre & le neant.

Il touche, il endurcit, il punit, il pardonne,

90 Il éclaire, il aveugle, il condamne, il couronne.

S'il ne veut plus de moi, je tombe, je péris ;

S'il veut m'aimer encor, je respire, je vis.

Ce qu'il veut il l'ordonne, & son ordre suprême

N'a pour toute raison que sa volonté même.

95 Qui suis-je pour oser murmurer de mon sort ?

Moi conçu dans le crime, esclave de la mort,

Quoy ! le vase pétri d'une matiere vile

Dira-t-il au potier, *Pourquoi suis-je d'argile ?*

Des salutaires eaux un enfant est lavé ;

R E M A R Q U E S.

Vers 89. *Il touche, s'il endurcit.*) Cujus vult miseretur, & quem vult indurat. *Aux Rom.* 9. 18. Deus indurat, non impertiendo malitiam, sed non largiendo Gratiam. *Saint August.*

Vers 94. *N'a pour toute raison, &c.*) Quare hos elegit in gloriam, & illos reprobravit, non habet rationem, nisi divinam voluntatem. *Thomas* 1. *p. q.* 23. *art.* 5.

Vers 95. *Qui suis-je pour oser, &c.*) O homo tu quis es qui respondeas Deo ? Numquid dicit figmentum ei qui se finxit, quid me fecisti sic ? *Aux Rom.* 9. *v.* 20.

Vers 99. *Des salutaires eaux, &c.*) Sicut duorum geminorum quorum unus assumitur, unus relinquitur, dispar est exitus, merita communia ; in quibus tamen sic alter magna Dei bonitate liberatur, ut alter nulla ejus iniquitate damnetur . . . . . neque inscrutabilia scrutari, aut investigabilia vestigare conemur. *S. Aug. de dono Persev. c.* 11.

Infantum discerne animos, & differe quales
Affectus, qualesque habeant hæc pectora motus.
Da teneris mores, & libertate volendi
Instrue, vix auræ tenuis, lactisque capaces,
Nulla tibi arbitrii respondent signa, nec ullis
Dissociare pares meritis potes : omnibus una est
Natura, & pariter nequeunt bona vel mala velle.
Et tamen ex istis miseratrix Gratia quosdam

100 Par une prompte mort un autre en est privé.

Dieu rejette Esaü, dont il aime le frere ?

Par quel titre inconnu Jacob lui peut-il plaire ;

O sage profondeur ! ô sublimes secrets !

J'adore un Dieu caché, je tremble, & je me tais.

105   Ce Dieu dans ses desseins terrible & toûjours sage,

Qui ne changeant jamais, change tout son ouvrage,

Pour ceux mêmes souvent qu'il avoit rendus bons,

Arrête tout à coup la source de ses dons.

Dans cette obscure nuit l'astre si necessaire,

110 La Foi, quand il le veut, s'éteint ou nous éclaire,

Ce premier des presens qu'il fait aux malheureux

Leur ouvre le chemin quand il a pitié d'eux.

Que de peuples helas, que de vastes contrées

A leur aveuglement sont encore livrées,

115 Assises loin du jour dans l'ombre de la mort !

Nous plus heureux, craignons leur déplorable sort ;

Le precieux flambeau qui s'allume par grace

R E M A R Q U E S.

Eligit, & rursum genitos baptismate transfert.

In regnum æternum, multis in morte relictis,

Quorum causa fuit similis de vulnere eodem, &c.

S. Prosper 3. partie.

Vers 101. *Dieu rejette Esaü, &c.*) Jacob dilexi, Esaü autem odio habui. *Aux Rom.* 9. 13.

Vers 103. *O sage profondeur !*) O altitudo divitiarum sapientiæ & scientiæ Dei ! quam incomprehensibilia sunt judicia ejus, & investigabiles viæ ejus ! *Rom.* 11. 23.

Vers 106. *Qui ne changeant jamais.*) Opera mutas, nec mutas consilium . . . immutabilis mutans omnia. *S. Aug. Confess. l.* .

Vers 11. *Ce premier des presens, &c.*) Fides initium unde bona opera incipiunt. *De gestis Pelag,* c 15. Porro fidem quis dat, nisi Gratia? *S. Prosper* p. 2.

Vers 115. *Assises loin du jour.*) Sedentes in tenebris & umbra mortis,

Aux Ingrats enlevé, fouvent change de place.

Par le fang des Martyrs autrefois humecté

120 L'Orient, du menfonge eft par tout infecté.

Cette ifle, de Chrétiens feconde pepiniere,

L'Angleterre, où jadis brilla tant de lumiere,

Recevant aujourd'huy toutes Religions,

N'eft plus qu'un trifte amas de folles vifions.

125 Helas! tous nos voifins plongez dans la difgrace

Semblent nous preparer au coup qui nous menace.

Par tout autour de moi quand je tourne les yeux,

Je pâlis, & n'y vois que le courroux des cieux,

Dans les glaces du Nord l'herefie allumée

130 Y répand en fureur fon épaiffe fumée;

Là domine Luther, icy regne Calvin,

Et fouvent où la Foi répand fon jour divin,

La Superftition, fille de l'Ignorance,

Prend de la Pieté la trompeufe apparence.

135 Oüi, nous fommes, Seigneur, tes peuples les plus

chers,

Tu fais luire fur nous tous tes rayons les plus clairs,

Pfalm. 106. v. 10.

Vers 118. *Aux Ingrats enlevé, &c.*)
Movebo candelabrum tuum de loco
fuo. *Apoc. c. 2. v. 5.*

Vers 124. *N'eft plus qu'un trifte
amas de folles vifions.*) Les Anabap-
tiftes, les Tembl urs, les Indépendans,
les Puritains, &c.

Verité

Verité toûjours pure, ô doctrine éternelle ?

La France est aujourd'huy ton Royaume fidelle,

Ah ! nos crimes enfin à leur comble montez,

140 Du Ciel lent à punir, lasseront les bontez.

Puisse-t-il être faux ce funeste presage,

Mais helas de nos mœurs l'affreux libertinage

A celui de l'esprit pourra nous attirer.

Déja notre raison ose tout penetrer.

145 Celui dont les bienfaits préviennent nos prieres,

Du salut à son gré dispense les lumieres ;

Il confond l'orguëilleux qui cherche à tout sçavoir ;

Il aveugle celui qui demande à tout voir ;

Pour les sages du monde il voile ses mysteres,

150 Il refuse à leurs yeux les clartez salutaires,

Tandis qu'il les revele à ces humbles esprits ;

A ces timides cœurs de son amour nourris,

Qui méprisent l'amas des sciences frivoles,

Et tremblent de frayeur à ses moindres paroles.

155 Un mot eût pu changer les sages Antonins,

Mais ce mot n'est donné qu'aux heureux Constan-

tins ;

REMARQUES.

Vers 147. *Il confond l'orguëilleux qui cherche, &c.*) Qui dat secretorum scrutatores quasi non sint...... repente flavit in eos, & aruerunt, & turbo quasi stipulam auferet eos. *Isaie c.* 40.

Vers 154. *Et tremblent de frayeur, &c.*) Ad quem respiciam nisi ad pauperculum & contritum spiritu, & trementem sermones meos ? *Isaie c.* 66.

I

Dieu laiſſe ſans pitié Caton dans la nuit ſombre,

Qui cherchant la vertu n'en embraſſe que l'ombre.

Mais plus terrible encor prévoyant tous nos pas,

160 Il vient frapper des cœurs qui ne s'ouvriront pas.

Il verſe ſes faveurs ſur une ame infidelle

Que l'abus de ſes dons rendra plus criminelle;

Jeruſalem le chaſſe, & rejette ſa paix,

Son ingrate Sion refuſe ſes bienfaits,

165 Et l'on eût vu par lui Tyr & Sidon touchées

Pleurer ſur le cilice & la cendre couchées.

Au grand jour, il eſt vrai, jour terrible & vengeur,

Sidon ſera traitée avec moins de rigueur.

Le ſerviteur rebelle aux ordres de ſon Maître

170 Plus puni que celui qui meurt ſans les connoître,

De tous les biens reçus rend compte au Dieu jaloux;

Mais l'arrêt de Sidon en devient-il plus doux?

R E M A R Q U E S.

Vers 160. *Il vient frapper des cœurs.*) Non volentis neque currentis, ſed miſerentis eſt Dei, qui & parvulis quibus vult etiam non volentibus neque currentibus ſubvenit, ... & majoribus etiam his quos prævidit, ſi apud eos facta eſſent, ſuis miraculis credituros, quibus non vult ſubvenire, non ſubvenit, de quibus in ſua prædeſtinatione occulte quidem, ſed juſte aliud judicavit. *S. Aug. de dono perſev. c.* 11.

Vers 165. *Et l'on eût vû par luy, &c.*) Væ tibi Corozain, væ tibi Bethſaida, quia ſi in Tyro & Sidone factæ fuiſſent virtutes, quæ factæ ſunt in vobis, olim in cilicio & cinere ſedentes pœniterent : verumtamen Tyro & Sidoni remiſſius erit in judicio quam vobis. *Luc.* 10. *v.* 13.

Vers 169. *Le ſerviteur rebelle, &c.*) Qui cognovit voluntatem Domini ſui, & non præparavit, & non fecit ſecundum voluntatem ejus, vapulabit multis; qui autem non cognovit, & fecit digna plagis, vapulabit paucis. *Luc.* 12. 47.

Tremblons jufqu'à la fin. Si l'on ne perfevere

Jamais de fes travaux on n'obtient le falaire;

175 Jufqu'au dernier inftant il faut toûjours courir.

Près d'atteindre le terme on peut encor perir.

L'auftere penitent, le pâle folitaire,

Couché fur le cilice, & blanchi fous la haire,

Par un foufile d'orguëil, un impur mouvement,

180 Un defir avoüé, perd tout en un moment;

Tandis que penetré d'un remord efficace

Vieilli dans les forfaits un brigand prend fa place,

A la vigne du maître appellé le dernier

185 Il n'arrive qu'au foir, & reçoit le denier.

Quelquefois par l'effet d'une bonté profonde

Où le vice abonda la Grace furabonde;

Mais quelquefois auffi par un trifte retour

Un cœur où la vertu fit long-tems fon féjour,

Vers 173. *Si l'on ne perfevere.*)
Qui autem perfeveraverit ufque in finem, hic falvus erit. *Math.* 24. 13.

Ex duobus piis cur huic donetur perfeverantia ufque ad finem, illi non donetur, infcrutabiliora funt judicia Dei. Illud tamen fidelibus debet effe certiffimum, hunc effe ex prædeftinatis, illum non effe, *nam fi fuiffent ex nobis,* ait unus prædeftinatorum, qui de pectore Domini biberat hoc fecretum, *manfiffent utique nobifcum. S. Aug. de dono perfev. c.* 9.

Vers 182. *Vieilli dans les forfaits.*
Per ftupra, per cædes vitam duxere nefandam,

Et tamen incumbente obitu, jam limite in ipfo
Extremi flatus, miferantem nocte remota
Cognovere Deum, purgatorifque lavacri,
Munere, nulla mali linquentes figna prioris,
Exempti mundo, mutarunt tartara cœlo.
Quæ merita hic numeras ? Si præcedentia cernas,
Impia ; fi quæris poft addita, nulla fuerunt.
S. Profp. 2. *p.*

Vers 186. *Où le vice abonda, &c.*)
Ubi abundavit delictum, fuperabundavit Gratia. *Rom.* 5. 20.

Las de sa liberté recourt à l'esclavage,

190　Et dans l'abîme affreux plus avant se rengage.

Le dernier coup porté rend le combat certain,

Et pour être vainqueur tout dépend de la fin.

La couronne est placée au bout de la carriere,

Il faut pour la ravir fournir la course entiere.

195　De l'Eglise au berceau l'illustre défenseur,

Et des foibles Chrétiens le severe censeur,

Le soûtien de la Foi, la gloire de l'Afrique,

Tertulien s'égare & perit heretique.

Souvent il est fatal de vivre trop long-tems.

Osius sur la terre avoit brillé cent ans,

200　Fleau des Ariens en détours si fertiles,

Le Pere des Pasteurs, le maître des Conciles,

La mort à ses travaux alloit rendre le prix,

Lorsque las d'un exil où sa Foi l'avoit mis,

R E M A R Q U E S.

Vers 192. *Tout dépend de la fin.*)
Afferimus donum Dei esse perseverantiam , qua usque in finem perseveratur in Christo , finem autem dico ,
quo vita ista finitur , in qua tantummodo periculum est ne cadatur. Itaque utrum quisque hoc munus acceperit , quamdiu hanc vitam ducit
incertum est. *S. Aug. de dono persev. c.* I.

Vers 195. *De l'Eglise au berceau ,
&c.*) Tertulien aprés avoir défendu
la Religion Chrétienne contre les
Payens , aprés avoir combattu les
Heretiques, se separa enfin de l'Eglise , & embrassa la Secte des Montanistes.

Vers 200. *Osius , &c.*) Osius Evêque de Cordouë, que saint Athanase
appelle, *le pere des Evêques , le
Maître des Conciles , le grand Confesseur de Jesus-Christ* , ne voulant
point favoriser les Ariens , fut envoyé en exil par l'Empereur Constantius. Il avoit alors plus de cent ans,
aprés avoir souffert pendant une année d'exil beaucoup de mauvais traitemens , enfin il succomba, & signa
la formule de Sirmich , dressée par
les Ariens : il mourut peu de tems
aprés , mais il y a tout lieu de croire
qu'il s'est repenti de sa faute. *V. M. de
Tillemont , tome* 7.

205　Il ranime une main par vingt luſtres glacée,

Pour ſigner de Sirmich la formule inſenſée.

A tout craindre de nous ſa chute nous inſtruit.

Redoublons notre courſe, & prévenant la nuit,

Hâtons-nous de joüir du jour qui nous éclaire.

210　　Mais que ſert de courir? répond un temeraire,

Qui m'oppoſe un diſcours tant de fois repeté.

Dans le Ciel, me dit-il, mon ſort eſt arreſté:

Pourquoi venez-voûs donc diſcoureur inutile,

M'animer aux travaux d'une courſe ſterile?

215　Au livre des Elus ſi mon nom eſt gravé,

Tout crime par la Grace en moi ſera lavé.

Si le Ciel en courroux me deſtine à la peine,

Pour chercher la vertu ma diligence eſt vaine.

C'en eſt fait, je veux vivre au gré de mes deſirs,

220　J'attendrai mon arrêt dans le ſein des plaiſirs.

Deteſtable penſée l'affreuſe conſequence!

R E M A R Q U E S.

Vers 207. *A tout craindre de nous.*)
Ideo non perſeveraturi perſevera-
turis providentiſſima Dei voluntate
miſcentur ut eſſe diſcamus non alta
ſapientes, ſed humilious conſentien-
tes, & cum timore & tremore no-
ſtram ipſorum ſalutem operemur.
S. Aug. de dono perſev. c. I.

Vers 211. *Un diſcours tant de fois
repeté.*) Fuit quidam in noſtro Mo-
naſterio, qui corripientibus fratribus cur quædam non facienda faceret, & facienda non faceret, reſ-
pondebat, qualiſcumque nunc ſim,
talis ero qualem me Deus futurum

eſſe præſcivit. Qui profecto & verum
dicebat, & hoc vero non proficiebat
in bonum : ſed uſque adeo profecit
in malum, ut deſerta Monaſterii ſo-
cietate fieret canis reverſus ad ſuum
vomitum : & tamen adhuc qualis ſit
futurus, incertum eſt. Numquid ergo propter hujuſmodi animas ea quæ
de præſcientia Dei vera dicuntur, vel
neganda ſunt, vel tacenda, tunc ſci-
licet, quando ſi non dicantur, in
alios itur errores ? *S. Aug. de dono
perſev. c.* 1).

Vers 221. *Deteſtable penſée.*) Sunt
qui propterea vel non orant, vel

Ainsi vous vous jugez vous-même par avance.

Dans le trouble où vous jette un douteux avenir,

Ignorant votre arrêt vous l'osez prévenir.

225 La porte du bonheur en vain vous est ouverte,

Vous-même vous voulez assurer votre perte.

Le suivez-vous en tout, ce vain raisonnement?

Sans doute Dieu connoît votre dernier moment,

Et votre heure fatale au Ciel déja reglée

230 Jamais par vos efforts ne sera reculée;

Pourquoi donc dans les maux qui menacent vos jours,

De l'art des Medecins cherchez-vous le secours?

De leurs soins assidus que devez-vous attendre?

Votre course est fixée, ils ne peuvent l'étendre.

235 Ah, malgré ces raisons, la crainte de mourir

A des secours douteux vous force de courir.

Où sont donc pour le Ciel les efforts que vous faites!

Pourquoi n'y point courir, insensez que vous êtes?

J'ignore comme vous quel sort m'est reservé,

R E M A R Q U E S.

frigide orant, quoniam Domino dicente didicerunt, scire Deum quid nobis necessarium sit, prius quam petamus ab eo. Num propter tales hujus sententiæ veritas deserenda, aut ex Evangelio delenda putabitur? S. *Aug. ibid.*

Cyprianus & Ambrosius cum sic prædicarent Dei Gratiam ut unus eorum diceret *in nullo gloriandum quoniam nostrum nihil est*; alter autem *non est in potestate nostra cor nostrum & nostræ cogitationes*: non tamen hortari & corripere destiterunt ut fierent præcepta divina: Nec timuerunt ne diceretur eis, quid nos hortamini? quid & corripitis si non est in potestate nostra cor nostrum? &c. *Ibid. c. 19.*

Vers 28. *Pourquoi n'y point courir.)* Sic currite ut comprehendatis. 1. Corinth. 9. 24.

240 Mais pour me consoler, vivrai-je en reprouvé?

Non, pour mourir en saint, c'est en saint qu'il faut

vivre;

Je me crois des Elus, je m'anime à les suivre;

Si mon sort est douteux, je le rendrai certain.

Je travaille, je cours, & ne cours pas en vain.

245 Des maîtres le plus doux, des peres le plus tendre

Dieu m'appelle & me dit qu'à lui je puis préten-

dre,

Que je suis son enfant, qu'il veut me rendre heu-

reux:

250 De mon esprit j'écarte un trouble dangereux;

Et loin que mon arrêt m'inquiete & m'allarme,

J'espere tout d'un Dieu dont la bonté me charme?

J'envisage les biens que m'a fait son amour

Comme un gage de ceux qu'il veut me faire un jour.

255 Pourquoi de ses faveurs comblé dès ma naissance,

Former pour l'avenir un soupçon qui l'offense?

Non, j'y consens, qu'il soit seul maître de mon sort.

REMARQUES.

Vers 241. *Non, pour mourir en saint,*
&c.) Quid formidas, quid metuis,
si in via ambulas ? Tunc time si dese-
ris viam. *Si Aug. serm.* 142.

Vers 243. *Si mon sort est douteux.*)
Fratres satagite ut per bona opera
certam vestram vocationem & elec-
tionem faciatis. 2. *Pet.* 1. 30.

Vers 244. *Je travaille, je cours,*

&c.) Ego igitur sic curro, non quasi
in incertum ; sic pugno, non quasi
aerem verberans . . . . . ne forte cum
aliis praedicaverim, ipse reprobus ef-
ficiar. 1. *Corinth.* 9. 26.

Vers 255. *Non, j'y consens, &c.*)
Absit à vobis, ideo desperare de vobis, quoniam spem vestram in ipso
habere jubemini, non in vobis, ma-

Il m'aime, du Pecheur il ne veut point la mort;

Il pardonne, il invite au retour salutaire

Celui qui s'accumule un trefor de colere.

A toute heure aux méchans il prodigue fes dons;

260 Son foleil luit fur eux ainfi que fur les bons,

Il punit à regret, & ce n'eft qu'en partie

Qu'il frappe fur l'ingrat que fon courroux châtie.

C'eft à vous, c'eft à moi que le Ciel eft promis,

C'eft pour nous qu'à la mort il a livré fon fils.

265 Oüi, Dieu veut le falut de tous tant que nous fom-

mes;

Jefus-Chrift a verfé fon Sang pour tous les hom-

mes.

Que celui qui perit ne s'en prenne qu'à foi;

Malheureux Ifraël, ta perte vient de toi.

Vous craignez du Seigneur les arrêts formidables,

270 Cependant vous perdez fes momens favorables,

R E M A R Q U E S.

lediſtus enim omnis qui fpem habet in homine, & bonum eft confidere in Domino quam confidere in homine, quia beati omnes qui confidunt in eum. *S. Aug. de dono perfev. c. 22.*

An vero timendum eft ne tunc homo de fe defperet quando fpes ejus ponenda demonftratur in Deo, non autem defperaret, fi eam in fe ipfo, fuperbiffimus & infeliciffimus poneret? *Ibid.*

Vers 256. *D.i Pecheur, &c.*) Nolo mortem impii, fed ut convertatur impius à via fua, & vivat. *Ezech.* 33. 11.

Vers 260. *Son foleil luit, &c.*) Qui folem fuum oriri facit fuper bonos & malos, & pluit fuper juftos & injuftos. *Matth.* 5. 45.

Vers 266. *Jefu-Chrift a verfé fon Sang.*) Pro omnibus mortuus eft. 2 *Cor.* 5. 15.

Vers 268. *Malheureux Ifraël.*) Perditio tua, Ifrael: tantummodo in me auxilium tuum. *Ofée.* 13. 9.

Vers 270. *Cependant vous perdrez, &c.*) Mifericors & miferator

Et

Et lorfqu'il vient à vous, vous lui fermez vos cœurs.

Helas ! combien de fois vous offrant fes faveurs

Vous a-t-il ranimez par des graces nouvelles ?

Et que n'a-t-il point fait ? un oifeau fous fes aîles

275 Raffemble fes petits trop foibles pour voler :

C'eft ainfi qu'en fon fein il veut vous raffembler.

Les maux que vous fouffrez, c'eft lui qui les envoye,

Par tendreffe pour vous il trouble votre joye,

De vos plaifirs honteux il veut vous détacher,

280 Au monde malgré vous il veut vous arracher,

Cependant de ce monde efclaves volontaires,

Vous rejettez toûjours fes rigueurs falutaires.

Mais pourquoi, direz-vous, ce Dieu de charité

Montre-t-il dans fon choix tant de feverité ?

285 Si lui-feul à fes dons nous peut rendre fidelles,

S'il veut notre falut, pourquoi tant de rebelles ?

Entre tant d'appellez pourquoi fi peu d'élus ?

Leur foible nombre échappe à nos regards confus.

Les épics épargnez par la main qui moiffonne,

290 Ces reftes que le maître aux glaneurs abandonne,

Et les grappes que laiffe un vendangeur foigneux,

K

Images des élus sont aussi rares qu'eux.

Nous ne voïons en Dieu que justice & colere,

Est-ce ainsi qu'il nous aime ? Est-ce ainsi qu'il est

    Pere ?

295 Nous tremblons.... C'est assez, unissons notre Foi ;

    Je tremble comme vous, esperez comme moi.

    Il est Pere, il est Dieu ; je crains le Dieu terrible,

    Mais je cheris le Pere à mes malheurs sensible,

    Sans peine devant lui soûmettant mon esprit,

300 Je crois ce qu'il revele, & fais ce qu'il prescrit.

    Je laisse murmurer ma raison orguëilleuse,

    Je sçai que sa lumiere est souvent perilleuse ;

    Je me livre à la Foi, je marche à sa clarté,

    Celui qu'elle conduit n'est jamais écarté ;

305 Je ne puis de la Grace atteindre le mystere ;

    Mais Dieu parle, il suffit, c'est à l'homme à se taire.

    Lorsque voulant sonder ses terribles decrets,

    Nous portons jusqu'au Ciel nos regards indiscrets,

    Quand nous osons percer le voile respectable

310 Dont se couvre à nos yeux ce Dieu si redoutable,

    Sa gloire nous opprime ; ébloüis, aveuglez,

    Du poids de sa grandeur nous sommes accablez.

R E M A R Q U E.

Vers 311. *Sa gloire nous opprime.*] metur à gloria. *Prov. 25. 27.*
Qui scrutator est majestatis, oppri-

Ah, respectons celui qui veut être invisible,

Et craignons d'irriter sa majesté terrible.

315 Mais la sainte frayeur que l'homme en doit avoir,

C'est de toy seul, grand Dieu, qu'il la peut recevoir.

Apprens-nous à t'aimer, apprens-nous à te craindre.

De tes desseins cachez est-ce à nous de nous plaindre?

Détourne loin de nous cet esprit curieux

320 Qui rend l'homme insolent, si coupable à tes yeux.

Adoucis la fierté de ceux qui sont rebelles,

Daigne affermir encor ceux qui te sont fidelles,

Donne-nous ces secours que tu nous a promis,

Donne la Grace enfin même à ses ennemis.

REMARQUES.

Vers 321. *Adoucis la fierté, &c.)* Malos quæsumus bonos facito, bonos in bonitate conserva. *Ancienne Priere de l'Eglise d'Orient.*

Vers 324. *Donne la Grace enfin, &c.)* Oremus dilectissimi, oremus ut Deus Gratiæ det etiam inimicis nostris, maximeque fratribus & dilectoribus nostris, intelligere & confiteri, post ingentem & ineffabilem ruinam, qua in uno omnes cecidimus, neminem nisi Gratia Dei liberari, eamque non secundum merita accipientium tamquam debitam reddi, sed tamquam veram gratiam nullis meritis præcedentibus gratis dari. *S. Aug. de dono persev.* c. 23.

F I N.

AVERTISSEMENT.

APrés les premieres lectures que je fis du Poëme de la Grace, plusieurs de ceux qui l'avoient entendu, soit qu'ils crussent découvrir en moi quelques talens pour les vers, soit qu'ils voulussent seulement me faire un compliment flateur, m'exhorterent à m'appliquer à la Tragedie qui me fourniroit, disoient-ils, des sujets plus propres à la Poësie & plus conformes au goût des hommes. Peut-être me serois-je laissé seduire, & malgré mon peu de genie, aurois-je eu la temerité de me tourner vers le Theatre, si je n'avois été retenu par les conseils de quelques amis sinceres qui me representant les grandes difficultez du Poëme dramatique, m'exhorterent en même tems à ne point profaner une muse qui avoit consacré à la Religion les premices de son travail. Des avis si sages firent impression sur moi, & pour montrer que j'estois resolu à les suivre, je composai cette Epitre, dans laquelle je remonte à la naissance de la Poësie, qui chez tous les peuples a tiré son origine de la Religion.

J'ay placé cette époque au passage de la mer rouge, parce que nous n'avons point de cantique plus ancien que celui qui fut composé par Moyse aprés ce grand évenement : & voici comme le sçavant Monsieur Bossuet Evêque de Meaux, parle de ces sortes de cantiques, dans son admirable Discours sur l'Histoire Universelle. Les Peres les apprenoient à leurs enfans, ils se chantoient dans les Fêtes & dans les assemblées, & perpetuoient la memoire des actions les plus éclatantes des siecles passez : de-là est née la Poësie changée dans la suite en plusieurs formes... C'étoit Dieu & ses œuvres merveilleuses qui faisoient le sujet de nos Odes. Dieu les inspiroit lui-même, & il n'y a proprement que le peuple de Dieu où la Poësie soit venuë par entousiasme.

Une origine si illustre prouve assez combien la Poësie s'est avilie depuis qu'elle a pris l'Amour pour son sujet favori ; malgré cette raison, l'on passe pour un Censeur outré, lorsqu'on condamne les Poësies qui n'ont d'autre objet que le plaisir ; la plûpart des hommes prétendent avoir l'heureux privilege d'être à l'abri de tout danger, & de pouvoir en sureté voir les spectacles, & lire les vers les plus passionnez. Ovide cependant qui connoissoit assez le cœur de l'homme, & qui en avoit éprouvé toutes les foiblesses, pensoit d'une maniere bien differente. Ovide assurément ne sera jamais regardé comme un Censeur trop severe ; je puis citer ici son autorité, parce qu'elle est grande en cette matiere, & que ce qui est condamné par un tel juge, doit estre justement condamné ; c'est lui qui a regardé le Theatre comme un lieu fatal à l'innocence,

De arte amandi.   Ille locus casti damna pudoris habet.

Enfin c'est ce tendre Autheur qui défend la lecture des Poëtes aussi tendres que lui ; c'est Ovide qui avant moi a fait le procés à Sapho, à Catulle, à Tibulle, & qui se l'est fait à luy-mesme.

De remedi amoris   Eloquar invitus, teneros ne tange poëtas,

    Submoveo dotes impius ipse meas.

Callimachum fugito, non est inimicus amori,

    Et cum Callimacho tu quoque, Coë noces.

Me certe Sappho meliorem fecit amicæ,

    Nec rigidos mores Teïa Musa dedit.

Carmina quis potuit tuto legisse Tibulli,

    Vel tua, cujus opus Cinthia sola fuit ?

Quis potuit lecto durus discedere Gallo ?

    Et mea nescio quid carmina dulce sonant.

EPISTRE
A MONSIEUR
DE VALINCOUR,

Secretaire General de la Marine, & des Commandemens de Monseigneur le Comte de Toulouse.

AUX combats de la scene en vain, cher Valincour,

Des amis trop flateurs m'excitant chaque jour,

M'y promettent déja ces éclatans suffrages,

Que le Public content donne aux jeunes courages;

5 Quoique de ce discours le charme dangereux

Tenté aisément un cœur de la Gloire amoureux,

C'est à tes seuls avis que je prête l'oreille:

Loin de porter envie aux rivaux de Corneille,

Sans peine à tes leçons je veux m'assujettir,

10 Et j'aime les travaux exempts du repentir.

Lâches Divinitez, Vierges voluptueuses,

Muses qui seduisez les ames vertueuses,

Pourquoi vous prêtez-vous à ce funeste employ?

De la Religion ignorez-vous la Loy?

15 C'est elle qui de l'homme élevant le genie,

Autrefois enfanta la fublime harmonie ;

Et pour chanter de Dieu les grandeurs & les dons,

Des Lyriques accords forma les nobles fons.

 Quand les Juifs d'un barbare évitoient la pour-
fuite,

20 La mer les vit paroître, & foudain prit la fuite ;

Pour conduire Ifraël par des fentiers nouveaux,

Le fouffle du Seigneur ouvre le fein des eaux ;

L'onde refte immobile, & bientôt ranimée,

De la fuperbe Egypte enfevelit l'armée.

25 Après ce grand fpectacle, & ce prodige heureux,

Un tranfport tout divin s'empare des Hebreux ;

Moyfe plein du feu dont fon ame eft faifie,

Entonne un faint cantique, augufte Poëfie,

Et celebre le Dieu dont le bras étendu,

30 Des flots fur le feul Juif tint l'amas fufpendu :

Tout le peuple y répond, & fa reconnoiffance

Ainfi des premiers vers confacra la naiffance.

 Des bienfaits du Seigneur le tendre fentiment

Imprime à tous les cœurs ce mefme mouvement,

35 Et l'ardeur d'exprimer noblement fon hommage,

R E M A R Q U E.

Vers 19. *Quand les Juifs, &c.*) Je ne prétends pas que le cantique fur le paffage de la mer rouge, foit le premier que les hommes ayent compofé, mais il me fuffit que n'en connoiffions pas de plus ancien.

Des

Des vers au Payen même inspira le langage.

Lorsqu'après son travail le Laboureur joyeux,

Dans les jours solemnels remercioit les Dieux,

Et voyant sous ses toits les moissons amassées,

40 Perdoit le souvenir de ses peines passées ;

Alors soit par instint, soit même par hazard,

Formant dans ses transports les loix d'un nouvel

art,

A des chants mesurez il asservit ses danses,

45 Et conduisit ses pas par de justes cadences.

Ainsi la Poësie en toute nation,

Doit sa naissance illustre à la Religion.

Mais aux traits de la mere où l'innocence brille,

Qui pourroit aujourd'huy reconnoître la fille ?

50 Bien-tôt même fuyant les regards maternels,

Elle alla se jetter en des bras criminels :

Non loin de son berceau déja défigurée,

Yvre des faux plaisirs, aux mensonges livrée,

Elle osa leur servir de funeste instrument,

REMARQUE.

Vers 37. *Lorsqu'aprés son travail.*)
Agricola, assiduo primum satiatus aratro,
　Cantavit, certo rustica verba pede.
Et satur arenti primùm est modulatus avena ;
　Carmen, ut ornatos diceret ante deos.
Agricola & minio suffusus, Bacche, rubent,
　Primus inexperta duxit ab arte choros.
Tibull. l. 2. eleg. 1.
Agricolæ prisci, fortes, parvoque beati,
Condita post frumenta, levantes tempore festo,
Corpus, & ipsum animum spe finis dura ferentem,
Cum sociis operum, &c.
Horat. ep. 1. *l.* 2.

L

Et prêchant aux humains le vice effrontément,

55   Les écarta de Dieu loin de les y conduire,

Et corrompit des cœurs qu'elle devoit inftruire.

Homere le premier, fertile en fictious,

Tranfporta dans le Ciel toutes nos paffions.

C'eft lui qui nous fait voir ces maîtres du tonnerre,

60   Ces Dieux dont un clin d'œil peut ébranler la terre,

Injuftes, vains, craintifs, l'un de l'autre jaloux,

Au fommet de l'Olympe auffi foibles que nous :

Et c'eft lui-même encor dont la main dangereufe

A tiffu de Venus la ceinture amoureufe.

65   Les feux qui de Sapho confumerent le cœur,

Dans fes écrits encore exhalent leur chaleur,

Pour chanter les exploits des Heros qu'il admire,

Le foible Anacreon en vain monte fa lire,

Les cordes fous fes doigts ne refonnent qu'amour.

70   Athenes, il eft vrai, tu le fçais, VALINCOUR,

Par ces vers feduifans que dicte la molleffe,

N'a jamais du cothurne avili la nobleffe.

Le fpectateur alors n'étoit point affoibli

Par les lâches difcours d'un Heros amolli,

R E M A R Q U E S.

Vers 58. *Tranfporta dans le Ciel.*)
Humana ad deos tranftulit, divina
mallem ad nos. *Ciceron.*

Vers 65. *Les feux qui de Sapho.*)
Vivuntque commiffi calores
Æoliæ fidibus puellæ.

Horat Od. 9. l. 4.

Vers 69. *Les cordes fous fes doigts.*)
Α Βαρβιτος δε χορδαις
Ερωτα μουον ηχει
Anacr. Od. 1.

75 La scene par l'amour ne fut pas infectée,

L'oreille vertueuse y parut respectée.

Là Sophocle aux mortels, pour affermir leurs cœurs,

Des folles passions dépeignit les malheurs.

Là, pour donner du vice une horreur salutaire,

80 Oedippe vint gemir d'un crime involontaire.

Le chœur y consoloit l'innocent abattu,

Effrayoit le coupable, & chantoit la vertu.

Mais ainsi que Sophocle, Euripide à la Grece

S'efforçoit vainement d'inspirer la sagesse,

85 L'effet de ces leçons étoit bien-tôt détruit.

L'impie Aristophane en corrompoit le fruit.

Ce funeste censeur, sous le masque comique

Joignant à ses bons mots la liberté cinique,

Paré du beau dessein de reformer les mœurs,

90 Par des tableaux trop nuds exposoit leurs horreurs.

Satyrique implacable immoloit à sa haine,

Les noms les plus fameux que respectoit Athene,

La vertu de Socrate irritant son courroux,

Le Heros des Payens expira sous ses coups.

REMARQUES.

Vers 81. *Le chœur y consoloit.*)
Ille bonis faveatque & concilietur
amicis,
Et regat iratos & amet peccare ti-
mentes,
     .... Deosque precetur & oret,
Ut redeat miseris, abeat fortuna su-
perbis.

Horat. art. Poet. Vers 200.
    Vers 92. *Les noms les plus fameux.*)
Pericles, Alcibiade, &c.
    Vers 94. *Le Heros des Payens.*)
Il fut cause de la mort de Socrate
par le mépris qu'il inspira aux Athe-
niens pour luy.

95 Enfin contre le Ciel portant ſa raillerie,

Il joüoit hardiment les Dieux de ſa Patrie,

Et tout le peuple en foule, au Theatre accouroit,

Pour rire de ces Dieux qu'au Temple il adoroit.

Lorſque Rome eut dompté la Grece par ſes armes,

100 La Grece en ſe vengeant la dompta par ſes charmes,

Et captivant ainſi ſes farouches vainqueurs,

Forma des écrivains pour corrompre leurs cœurs,

La molle volupté reſpire dans Tibulle,

Et la pudeur rougit au ſeul nom de Catulle.

105 Ovide à ſes lecteurs apprend l'art d'allumer

Des feux, déja ſans lui trop promts à s'enflâmer.

Horace en nous montrant des images impures,

Deshonore ſouvent ſes plus belles peintures.

En vain par Juvenal le vice eſt combattu,

110 Sa trop libre ſatyre irrite la vertu.

Martial effronté parle ſans retenuë,

L'œil chaſte ſur ſes vers n'oſe arrêter ſa vûë.

Les Poëtes de Rome en reſſentent les mœurs,

On reconnoît chez eux la Cour des Empereurs.

115 Dans ces tems, il eſt vrai, Venus avoit des Tem-

ples,

Vers 99. *Lorſque Rome eut dompté.*] Intulit agreſti Latio, &c.
Græcia apta ferum victorem cœpit, *Hor. ep. 1. l. 2.*
& artes.

Le crime autorisé par d'augustes exemples,

Ne paroissoit plus crime aux yeux de ces mortels,

Qui d'un Mars adultere encensoient les Autels.

Sur une terre impie, & sous un Ciel coupable,

120 Le chantre des plaisirs pouvoit être excusable.

Cependant aujourd'hui les enfans de la Foi

D'un plus sage transport ont-ils suivi la Loi?

Helas! dressant par tout un piege à l'innocence,

Des Romains & des Grecs il passent la licence.

125 Je pleure avec raison tant de rares esprits,

Qui pouvant nous charmer par d'utiles écrits,

Des dons de la nature ont perdu l'avantage,

Et fouillé des talens dignes d'un autre usage.

Des discours trop grossiers le theatre épuré,

130 Cependant à l'amour est par nous consacré.

Là de nos voluptez l'image la plus vive

Frappe, enleve les sens, tient une ame captive?

Le jeu des passions saisit le spectateur,

<hr>

REMARQUE.

Vers 123. *Helas! dressart partout.*] Le Chancelier de l'Hôpital dans le premier livre de ses Epistres, se plaint aussi de l'abus que les Poetes font de leurs talens.

——————— Qui fit res carmine sacras
Ut pauci tractent hodie, vix unus &
  alter,
Vatibus innumeris cum Regia post-
  strabat aula?
An genus hoc hominum nullos, Epi-
  curus ut olim,
Autumat esse deos, &c.

Et le Fulvio Testi reproche pareillement a l'Italie, le mauvais usage qu'elle fait de la Poesie.

Bella Italia perdona,
A' desti miei, se ti parran morda-
  ci,
Fatto vil per lascivia d'I cantar Tos-
  co:
Gia dilatato il tosco,
Serpe per ogni penna; e monstrar nu-
  de,
Prostitute le muse oggi è virtude.

Il aime, il hait, il pleure, & lui-même est acteur.

135 D'un Heros soûpirant là chacun prend la place,

Et c'est dans tous les cœurs que la scene se passe.

Le poison de l'amour a bientôt penetré,

D'autant plus dangereux qu'il est mieux préparé.

Ce feu toûjours couvert d'une trompeuse cendre,

140 S'allume au moindre souffle, & cherche à se répan-

dre,

Gardons-nous d'irriter ce perfide ennemi,

Dans le cœur le plus froid il ne dort qu'à demi :

Et perisse notre art, que nos lyres se taisent,

145 Si c'est à l'amour seul que les hommes se plaisent.

Non, ne le croyons pas; à nos chants instructifs

Toûjours la verité doit les rendre attentifs.

Rarement, dira-t-on, par des douceurs pareilles

Une muse pieuse a charmé leurs oreilles;

Nos Poëtes Chrétiens presque tous ennuieux,

150 Ont à peine formé des sons harmonieux.

Mais des Poëtes seuls accusons la foiblesse.

Aux prophanes travaux livrez dans leur jeunesse,

Pour reparer enfin leurs vers pernicieux,

Ils ont offert à Dieu, digne offrande à ses yeux !

155 Les restes languissans d'une veine épuisée,

Et les froids mouvemens d'une chaleur usée.

Celui qui montrant Phedre en proye à ses fureurs,

Pour elle nous força de répandre des pleurs,

Sçut depuis, il est vrai, devenu plus grand maître,

160 Avec le seul secours d'un enfant & d'un Prêtre,

Sur un ouvrage saint attacher tous les yeux,

Et sortir de sa course encor plus glorieux.

Aussi nous peignit-il ce Joad intrepide,

Cet aimable Joas, cette Reine homicide,

165 Sans attendre que l'âge amenant la langueur,

Eût de l'auteur de Phedre affoibli la vigueur.

Jeune & plein de courage abandonnant la scene,

D'où tant de vieux soldats ne s'arrachent qu'à peine,

De ses nobles exploits il suspendit le cours;

170 Et fuïant les honneurs qui le cherchoient toûjours,

Il courut de bonne heure à la sainte lumiere,

Qu'apperçut la Fontaine au bout de sa carriere.

La vieillesse souvent réforme un libertin,

Et même donne à Dieu la plume d'Aretin,

175 L'homme est long-tems séduit par de fausses ima-

ges;

Mais la mort qui s'approche écarte ces nuages.

Captive jusqu'alors, enfin la verité

Vers 172. *Qu'apperçut la Fontaine.*) Tout le monde sçait la douleur que la Fontaine témoigna à la fin de sa vie, sur plusieurs de ses ouvrages.

Vers 172. *La plume d'Aretin.*) Aretin sur la fin de ses jours composa des Paraphrases sur les Pseaumes de la Penitence, la vie de la sainte Vierge, celle de sainte Catherine de Sienne, celle de saint Thomas d'Aquin, &c.

Sort du fond de son cœur, & parle en liberté.

Il ecoute sa voix, il change de langage,

180 De l'esprit & du tems il regrette l'usage ;

Regrets tardifs d'un bien qui n'est jamais rendu,

L'esprit est presque éteint, & le tems est perdu.

Ne perdons point le nôtre ; heureux dans sa jeu‑
     nesse

Qui prévoit les remords de la sage vieillesse !

185 Mais plus heureux encor qui sçait les prévenir,

Et commence ses jours comme il veut les finir !

     Ainsi quoiqu'à mes yeux le Theatre ait des char‑
     mes,

Je fuis, & ne veux point me preparer des larmes,

Dussai-je y disputer aux plus fameux guerriers,

190 Il me faudroit enfin pleurer sur mes lauriers.

Si l'Auteur de mes jours, pour suivre son modele,

M'a laissé de son feu quelque vive étincelle,

Si le sang plein d'ardeur dans mes veines transmis,

Digne encor de sa source en conserve le prix,

195 J'oserai n'enseignant qu'une sage doctrine,

Rappeller l'art des vers à sa sainte origine.

Puisse mon coup d'essai par un succés heureux,

Affermir dans mon cœur ce projet genereux.

Par mes premiers accens la Grace celebrée,

200 Rend ma timide voix déja plus assûrée.

                                          A ses

A ſes ordres divins ſes bienfaits m'ont ſoûmis ;

C'eſt elle à qui je dois tant d'illuſtres amis,

Qui pour mieux me prouver leur ſincere tendreſſe ;

Par d'utiles conſeils ſoûtiennent ma jeuneſſe.

205 C'eſt elle, VALINCOUR, qui m'entraînant chez toi,

T'inſpira l'amitié que tu reſſens pour moi.

C'eſt elle, de mes vers recompenſe honorable !

Qui conduiſit mes pas dans ce lieu reſpectable,

Où ſon ſouffle fecond faiſoit toûjours fleurir

210 Ces fruits de la vertu que rien ne peut flétrir ;

Le ſolide bonheur, la joye inalterable,

La ſincere conſtance, & la paix delectable.

O Freſne, lieu charmant, cher à mon ſouvenir !

Des biens que tu m'as faits prompt à m'entretenir,

215 Mon cœur reconnoiſſant me rappelle à toute heure

Ces jours delicieux coulez dans ta demeure,

Ces exemples ſi ſaints dont il y fut témoin,

Et ſans ceſſe il m'anime à les ſuivre de loin.

R E M A R Q U E.

Vers 208. *Qui conduiſit mes pas.*) Je compoſai cette Epiſtre dans le tems que j'avois l'honneur d'être à Freſne, & ce fut le Poëme de la Grace qui me procura le bonheur d'y être reçu.

M

O D E.

CHARME' de mon loisir, & de ma solitude,
  Que les Grands à l'envie m'appellent auprès
      d'eux,
On ne me verra point chercher la servitude,
  Lorsque je suis heureux.

Faut-il courir si loin, insensez que nous sommes,
Pour trouver ce bonheur que nous desirons tous !
Retranchons nos desirs, n'attendons rien des hommes,
  Et vivons avec nous.

Déja trop accablez de peines necessaires,
Pourquoi grossir encor la source de nos pleurs ?
Epargnons-nous du moins tous les nœuds volontaires ;
  Ménageons nos douleurs.

Qu'un lâche courtisan chaque jour importune
Le Prince dont il peut essuyer la fierté,
Je n'irai point à ceux qu'éleve la Fortune
  Vendre ma liberté.

M ij

Dans les Palais des Grands un coup d'œil nous captive,

L'homme y croit follement trouver un heureux fort,

En entrant il le perd ; libre quand il arrive,

    Esclave quand il fort.

Le fage toutefois ne pourra jamais l'être ;

Pour l'homme vraiment libre il n'eft point de lien.

Au milieu de la Cour il ne trouve aucun maître,

    Lui feul il eft le fien.

Ni l'or, ni les honneurs ne le rendent fidelle,

La vertu qui le guide eft fon unique appui.

Quand il arrive au Louvre, il y monte avec elle ;

    Elle en fort avec lui.

Il fert fans interêt ceux que la terre adore,

Ce qu'ils ont à donner ne flate point fes vœux,

Il n'en defire rien ; & lui feul les honore,

    S'oubliant auprès d'eux.

R E M A R Q U E S.

Stance cinquiéme. *Libre quand il arrive, efclave, &c.*] Cette penfée eft imitée de deux vers de Sophocle qui m'ont fourni l'idée de cette Ode.

Ὅςις δὲ πρὸς τύραννον εμπορεύεται
Κείνου ςι δοῦλος κα'ι ἐλεύθερῳ μόλῃ

Quiconque entre chez un Roy, devient fon efclave, quoiqu'il y foit entré libre.

Zenon retourna ainſi cette penſée.

ουχ ἔςι δοῦλῳ ἂν ἐλεύθ.ρῳ μόλῃ.

S'il y eft entré libre, il n'en fort point efclave.

V. *Plutarque dans le Traité comme on doit écouter les Poetes.*

Lorſque l'air eſt ſerein, il prévoit la tempête;

L'air ſe trouble, la nuit ne peut l'intimider;

Sans changer de viſage, il entend ſur ſa tête

Le tonnerre gronder.

La ſolide grandeur dont l'éclat l'environne,

Dans ſa diſgrace encor répand un plus grand jour;

Nous le felicitons quand la Cour l'abandonne,

Et nous plaignons la Cour.

Si quelqu'un croit ici que ma muſe ſe jouë,

Et d'un tableau menteur invente chaque trait;

Alcandre qu'il te voye, & qu'alors il avouë

Que j'ai peint ton portrait.

Ah! ſi par leurs vertus, par leur douceur extrême,

Les Princes, comme toi, charmoient tout l'Univers;

Que je perdrois bien-tôt la liberté que j'aime,

Pour courir dans leurs fers!

Mais plûtôt qu'enchanté de leur vaine opulence,

Je recherche un honneur d'amertumes rempli,

Je veux loin des Palais vivre dans le ſilence,

Et mourir dans l'oubli.

J'aurai de mon bonheur une entiere aſſurance;

Je braverai du ſort le caprice inconſtant.

Tranquille, délivré de crainte & d'eſperance,

Pauvre & toûjours content.

Apollon quelquefois viendra dans ma demeure,

Les Muſes m'offriront leurs charmes innocens;

Douces divinitez, c'eſt pour vous qu'à toute heure

Je veux brûler l'encens.

Que de momens heureux ſe paſſeront à lire

Des Grecs & des Romains les utiles écrits !

Moi-même j'oſerai repeter ſur ma lyre

Ce qu'ils m'auront appris.

Et dans l'inſtant fatal où la Parque ennemie

Coupera de mes jours le fil delicieux,

Sans accuſer la mort, ſans regretter la vie,

Je fermerai les yeux.

F I N.